書下ろし

追われ者

風烈廻り与力・青柳剣一郎⑬

小杉健治

祥伝社文庫

目次

第一章　雪の夜

一

朝から吹き荒れていた烈風も陽が斜《なな》めに傾いた頃には嘘のように収まっていた。冬場から春にかけては風が強く、もっとも火事を警戒しなければならない時期だった。

朝から町廻りに出ていた風烈廻《ふうれつまわ》り与力《よりき》の青柳剣一郎《あおやぎけんいちろう》は、蔵前《くらまえ》通りから浅草御門《あさくさごもん》を抜けたところで、

「手にとるようだ」

と、富士の山をはろけく眺めた。

強風が大気の塵《ちり》を払い、澄んだ空気の中で、冠雪した富士がいつもよりくっきりとかなたの空に浮かび上がっていた。

「筑波《つくば》もすぐ傍《そば》に」

後ろを振り返りながら、風烈廻り同心の礒島源太郎《いそじまげんたろう》は言ったあとで、

「でも、なんだか冷えますね」

と、身体を震《ふる》わせた。

目の前を職人体《てい》の男が寒そうに肩をすくめながら両国橋《りようごく》のほうに向かった。

「風が収まったら、急に寒くなってきました」

只野平四郎《ただのへいしろう》もぶるっと身体を震わせた。

「暖かい日が続いていたから、少し堪《こた》えるな」

剣一郎も呟《つぶや》いた。

きょうは二月二日だ。各地で梅の盛りだというのに、急に厳冬のような寒さに襲われた。

「急ごう」

剣一郎はそう言って足を速めた。

もう、まっすぐ奉行所に帰るだけだった。

馬喰町《ばくろちよう》に差しかかって、しばらくしたとき、定町廻り同心の植村京之進《うえむらきようのしん》が駆け足で横町に入って行くのが見えた。

「何かあったのでしょうか」

磯島源太郎が訝《いぶか》しげにきいた。

植村京之進は定町廻りの中でもっとも若い同心だった。穏やかな顔だちで、威張《いば》ったりすることもないので、町の衆からの信頼も厚い同心だった。

「行ってみよう」

剣一郎も気になって急ぎ足になった。

横町の曲がり角に来て、京之進が駆けて行ったほうに曲がる。もう京之進の姿は見えない。

両側に下駄《げた》屋、炭屋、惣菜《そうざい》屋など小商いの店が並んでいる。その途中に長屋の木戸があった。

その前に差しかかったときに、長屋の路地から怒鳴《どな》り声と京之進のなだめるような声が聞こえた。

「やっ、何でしょう」

磯島源太郎が驚いて、声をあげた。

木戸口から路地を覗《のぞ》くと、井戸の傍に人だかりがしている。

「行ってみよう」

剣一郎は長屋の路地に足を踏み入れた。

京之進が羽織姿の小柄な五十がらみの男を必死でなだめていた。

「どうした？」

剣一郎は声をかけた。

「青柳さま」

振り向いた京之進がほっとしたような顔をした。

小柄な男も顔を向けた。薄くなった頭髪にえらの張った顔。ひとを居すくまらせるように目玉が飛び出し、相手を言い負かすように唇が分厚い。いかにも、頑固《がんこ》そうな顔つきだった。

「これはどうも」

そんな男が剣一郎に気づくと、急に愛想《あいそ》笑いを浮かべた。

「金兵衛《きんべえ》ではないか」

「へえ。どうも、ご無沙汰でございます」

金貸しの金兵衛だった。

日本橋横山町《にほんばしよこやまちょう》三丁目に質屋も兼ねた店を持っている。案外とたやすく金を貸し与える代わりに、いざ取り立てとなると、鬼のようになるという男だ。

「取り立てか」

剣一郎は京之進の後ろにいる中年の男女に目をやった。印半纏《しるしばんてん》を着た職人体の三十半《なか》ばの男と女房らしき女だ。

金の返済を迫るときの金兵衛の執拗《しつよう》さは半端ではないらしい。

金兵衛の取り立ては、借り主の家の前はもちろん、道の途中で会っても、辺り構わず金を返せと大声で喚《わめ》くのだ。それを長い時間かけてやる。金貸しの因業爺《いんごうじじい》と世間でいわれているのだ。

「この長屋の者が飛び出してきて、私を見つけると、何とか口をきいてくれと泣きつくので」

京之進が困惑して説明した。

京之進は若くして定町廻りになったほどの切れ者で、三十を過ぎ、風格も備わってきた。数々の難事件を手がけて来たことは自信の裏付けになっているようだが、それらの事件には何らかの形で剣一郎が手を貸していた。

だが、そんな凄腕《すごうで》の定町廻り同心でも、このような場面に対応するのは荷が勝ちすぎるようだった。なにしろ、金の貸し借りについては当事者同士の問題ということで、奉行所は口出ししないようになっているのだ。

「期限がとうに過ぎているのに返そうとしないんですよ、この喜助《きすけ》とおくめは。夫婦して踏み倒すつもりだ」

金兵衛が喜助夫婦をなじった。

「だから、必ず返すから二、三日待ってくれと、ふたりが頼んでいるではないか」

京之進は取りなすように言う。

「いや。あの夫婦はわしをばかにしている。ごまかそうとしているのだ。きょうで何度、足を運んだことか。借りたものを返す。約束を守る。それはひとの道として当然なすべきことではありませんか」

金兵衛の大きな目玉と厚い唇は強欲な印象をひとに与える。だが、無下《むげ》に出来ないのは、金兵衛の言い分にも一理あるからだ。

「必ずお返しに上がります。風邪をこじらせてしばらく仕事が出来なかったので返しそびれました。もう、働けますから、きっとお返しします」

喜助は卑屈《ひくつ》に腰を折って頼んだ。

「何度、同じ言い訳を聞かせるんだ」

金兵衛が大声を発する。

「稼いだ金は酒代に消えているんじゃないだろうね」

金兵衛が意地悪い目を向けた。

「とんでもねえ」

喜助は手を大仰《おおぎよう》に横に振った。

「金兵衛。どうだ。ここは私の顔を立てて、もう少し返済を延《の》ばしてやってはくれぬか」

剣一郎は見かねて金兵衛に頼んだ。

「八丁堀《はっちょうぼり》の人間として言うのではない。ひとりの人間として頼むのだ。何かあれば、私が責任を持とう」

「えっ、青柳さまが責任を……」

一瞬、金兵衛がひるんだようになった。

「そうだ。新しい期限まで返済出来なければ、私が立て替えよう」

剣一郎はついそう言った。

「とんでもありませぬ。青柳さまにそんな真似《まね》させるわけにはいきません」

金兵衛はふっと大きく息を吐き、

「しかし、青柳さまから、そう言われたのでは仕方ありませんな」

金兵衛は喜助夫婦に向かい、

「青柳さまのお声がかりだ。よいか、あと五日待ちましょう。それまでに必ず金を返すように。よいな」

と、強く念を押して迫った。

「へい。わかりました。ありがとうございます」

喜助夫婦は金兵衛と剣一郎に何度も頭を下げた。

「金兵衛。すまぬ」

剣一郎が言うと、金兵衛は媚《こび》を売るように笑みを浮かべ、

「青柳さま。その代わり、ちょっとおつきあいくださいませぬか」

と、猫なで声になった。

「つきあいというと」

剣一郎はきき返した。

「ちょっとお酒の相手になってくださいませぬか」

「これ。図に乗るな。青柳さまに何を言うか」

生真面目《きまじめ》な京之進が憤慨《ふんがい》した。

少し困ったなと思ったが、金兵衛の気持ちも慮《おもんぱか》った。

「よし。いいだろう」

と、剣一郎は答えた。

「青柳さま。そこまで……」

京之進が異を唱えた。

「構わぬ」

京之進の言葉を遮《さえぎ》り、剣一郎は礒島源太郎と只野平四郎のふたりに言った。

「すまぬな。半刻（一時間）ほどつきあってくる」

「では、我らはもう一回りして、そこの自身番でお待ちしております」

「頼む」

ふたりに言い、

「では、参ろうか」

と、剣一郎は金兵衛といっしょに長屋の路地を出た。

暮れなずむ町に、鰻《うなぎ》の出前持ちが足早にすれ違い、夕飯の買い物らしい女が下駄を鳴らして小走りに横切った。

陽が沈みかけ、ますます冷えてきていた。

「どこに行くのだ」

この先は浜町《はまちょう》堀に差しかかるので、剣一郎はきいた。

「知っているお店があります」

背中を丸め、金兵衛は小さな歩幅で、せかせかと歩いて行く。

やがて、千鳥《ちどり》橋を渡ってすぐ、

「青柳さま。さあ、ここです」

金兵衛が連れて行ったのは、日本橋元浜町《もとはまちょう》にある『おゆき』という呑み屋だった。暖簾《のれん》をかけたばかりのようで、まだ客はいない。土間に入ると、女将《おかみ》らしい女が一瞬、金兵衛を見て顔をしかめた。

「女将、心配するな。きょうは金の催促《さいそく》ではない」

「はあ」

それから、女将は横に剣一郎を見て戸惑《とまど》いを見せた。

三十過ぎの面長で色白の女だった。化粧で隠しているが、目尻に小皺《こじわ》が目立ち、少しやつれた感じだった。

「女将。こちらは」

金兵衛が紹介する前に、

「青柳さまでございますね」

と、女将が答えた。

剣一郎の名は今や、畏敬《いけい》の念を持って青痣《あおあざ》与力と呼ばれるほどに江戸のひとびとに知れ渡っているが、そもそもの謂《い》われがこの左頰《ほお》の青痣であった。

当番方の若手だった頃に、捕物出役で、無頼漢《ぶらいかん》の中に単身で乗り込んで相手を取り押さえた。そのときに受けた傷だ。それが、今は青痣となっている。

いつしか、その青痣は剣一郎の武勇を物語るものとしてあまねく世間にも知られるようになったのだ。

だが、あの当時の剣一郎は目の前で兄が斬られ、手助けできなかったという自責の念にずっと苛《さいな》まれ続けていた。そのため自暴自棄《じぼうじき》になり、その勢いで無頼漢の中に突っ込んで行っただけなのだ。それを、周囲はよいほうに誤解しているのだ。

だが、今や剣一郎は、周囲がかってに作り上げた偶像《ぐうぞう》に近づきつつあることは確かだった。

「やっかいになる」

剣一郎は女将に言った。

「奥を使わせてもらうぞ」

金兵衛はさっさと奥に向かった。

卓が四つ並んでいて、奥に小部屋があった。金兵衛はかってに小部屋に上がった。

火桶《ひおけ》に火が入っていて、部屋は暖かかった。

「女将。酒だ」

改めて挨拶《あいさつ》にきた女将に、金兵衛は傲岸《ごうがん》に言う。

「では、青柳さま。どうぞごゆるりと」

金兵衛を見ようともせずに、女将は立ち去った。

「私はどこでも嫌われていましてね」

金兵衛は悟《さと》ったような顔で言う。

「金を借りるときにはぺこぺこ、返すときになると手のひらを返されます」

「ここの女将にも金を貸しているのか」

剣一郎は意外そうにきいた。

「あの女将には亭主がいるんです。由蔵《よしぞう》っていう二十四歳の男です。女将より十近くも年下です。この由蔵が博打《ばくち》好きでしてね。いくら稼いでも持って行ってしまうようです。そんな亭主とはさっさと別れりゃよいものを」

金兵衛は侮蔑《ぶべつ》するように口許を歪《ゆが》めた。

障子《しょうじ》が開いて、今度は小女《こおんな》が酒を持って来た。

「いい。あとはこっちでやるから」

金兵衛は小女を帰してから、

「さあ、青柳さま」

と、銚子《ちょうし》を差し出した。

「金兵衛。そなたはなぜ、そのように金の催促が厳しいのだ」

剣一郎が酌《しゃく》をしようとすると、金兵衛は手を振り、自分で注いだ。

「金を借りようとするにはいろんな事情があります。でも、ほんとうは金を借りちゃだめなんです。あたしは金を貸すときにはとやかく言いません。ひょっとしたら、その金で助かるかもしれませんからね。その代わり、必ず期限には返してもらいたいんですよ。金を借りるというのはたいへんなことだってことをわからせたいんですよ」

金兵衛は手酌で酒を立て続けに呑み、

「あたしだって、ほんとうはひとのいやがることなんてやりたかないんですよ。本音を言えばですね。そりゃ、いやですよ」

ふと金兵衛が寂《さび》しそうな顔をした。

金兵衛は銚子が空だと知ると、すぐに手を叩いた。

さっきの小女に酒を頼んだ。

「そなたには確か娘御がおったと思うが」

質屋は盗人が盗んだ品物を質入れすることもあり、盗人の探索のために奉行所とは関わりが深い。その関係で、剣一郎は金兵衛の店にも何度か行ったことがあった。

「へえ。二年前に婿《むこ》をもらいました。ですが、娘は母親に似て男勝りの勝気な性格でしてね。婿を尻《しり》に敷いています。婿も私の手前、おとなしくしていますが、相当頭に来ているでしょうな。まあ、婿も婿で、時々賭場通いもしているようです」

そこに小女が酒を運んできた。

金兵衛は苦そうに酒を呑んだ。さっきから早い調子で猪口《ちょこ》を口に運んでいる。

「婿はどんな男なんだね」

「貞八《さだはち》っていう男で、私がごろつきに因縁《いんねん》をふっかけられたとき、助けてくれたんです。なかなか、腰が低く、人当たりもよかった。仕事を探しているというので、それなら、うちで働かないかということになったのです。思った以上に目端《めはし》が利いて、質入れのほうの仕事をさせても手際がいいので、私の代わりをさせるようにしたんです。そしたら、いつの間にか娘と出来ていましてね」

金兵衛は苦笑してから、

「まあ堅い男のようだし、婿をとれば、娘の素行も改まると思ったんですが、金遣いの荒いのは変わりませんでした」

「ご妻女とはどうだね」

金兵衛の女遊びが原因で、金兵衛はときおり妻女と大喧嘩《おおげんか》をしていると聞いたことがある。

「好き勝手しています。芝居見物だ、買い物だと、娘とふたりしてやりたい放題」

金兵衛は家庭のことを口にした。

「青柳さま。あたしはつくづく家庭には恵まれなかったと思いますよ。それに、あいつ」

金兵衛の目が光った。

「あいつとは誰だね」

「へえ。じつは今戸《いまど》に囲っている女です。おきんというんですが、どうもあたしの留守中に男を引き入れているようなんです」

金兵衛は言葉が途切れるたびに酒を呑んでいる。

「証拠でもあるのか」

「一度、煙草《たばこ》盆にあたしのじゃない煙草入れが置いてありました。男が忘れていったのでしょう。おきんはとぼけましたが」

ふいに、金兵衛が涙声になったので、剣一郎は驚いた。

「青柳さま。どうもわたしはひとに好かれないように出来ているようです。もっとも、ひとから好かれようなどとは思ってもいませんが」

金兵衛は孤独《こどく》なのかもしれないと思った。金貸しという仕事柄、町の衆からは嫌われ、家庭にも自分の居場所がない。その上、妾《めかけ》まで自分を裏切っている。そんなことで、心が弱っているようだ。

「金兵衛。今の自分が好きか」

「難しい質問でございますね」

意外そうな顔を向けた。

「ほんとうは皆から好かれたいのではないか。ひとから好かれようなどとは思っていないというのは、その裏返しだ。違うか」

また、金兵衛は酒を立て続けに呷《あお》った。

そして、しばらくしてから、

「わたしの面体《めんてい》をごらんください。ひとに好かれるように思えますか。わたしだって人並みの姿だったら、こんなふうにはならなかったと思うんですよ」

と、金兵衛はつらそうに顔を歪《ゆが》めた。

「金兵衛、少し自分を変えてみろ」

剣一郎は真顔になった。

「周りがそなたを避けているとしたら、それは姿形からではない。そなたの心がひねくれているからだ」

　剣一郎はずばりと心の奥に踏み込んだ。

「だが、ひねくれているのは、そなたの真の性質からではない。そのように自分をしむけてきたからだ」

　自分より十歳ぐらい年長の金兵衛に、剣一郎は説教をした。

「もう、ここらでつっぱって生きていくことをやめろ。自分に正直になれ。そしたら、周りの目も違ってくる」

「自分を変えるといっても……」

　金兵衛は戸惑いを見せた。

「この際、妾と手を切ったらどうだ」

「あの女と？」

「そうだ。そしたら、妻女も変わると思う。また、娘御もな」

　金兵衛は頰を殴《なぐ》られたような顔をした。

「考えたこともありませんでした。家の中にわたしの居場所がないから、外に女を作っていたんです」

「その考えを変えるのだ。また、強引な取り立ても止めるのだ。そなたは、本人のためを思って、金の大切さを教えてやるために強引な取り立てをしているといっていたが、そなたが相手の心配をそこまでする必要はない」

「そうですねえ」

「おそらく、貞八という婿に対して、そなたも見下した態度でいるのではないか。それもやめるのだ。そなたが変われば、周囲のそなたを見る目も変わってこよう」

剣一郎は諄々《じゅんじゅん》と諭《さと》した。

「やっぱし、青柳さまだ。無理してお誘いしてよかった」

しばらく俯《うつむ》いていた金兵衛がいきなり顔を上げた。

「腹を決めました。もともと金でくっついて来ていた女です。惚《ほ》れた腫《は》れたという関係ではない。別れるとなったら、なんの未練もありませぬ。妾と別れます」

「そうか。決心したか」

「はい。そう心に決めれば、なんだか、気持ちが軽くなったような気がしてきました」

「そうか。えらそうに言ったが、今の言葉は自分自身にも向けているのだ」

剣一郎は苦笑した。

「いえ。同じことを他の方に言われても心に響かなかったでしょうが、青柳さまに言われ、心が洗われたような気がいたしました。青柳さま。私は変わってみせます。信じてください」

眦《まなじり》が下がり、金兵衛の顔つきまで違って見えた。

「そうか。それはよかった」

そう呟いたあとで、外がすっかり暗くなっていることに気づいて、剣一郎は言った。

「そろそろ行かねばならぬ」

「あっ、これは気がつきませんで」

金兵衛もあわてて言い、

「青柳さま。また、話し相手になっていただけますまいか。青柳さまとお話ししていると、心が安らぎ、なんだか希望が持てます」

「私でよければいつでも」

やはり、金兵衛は寂しかったのだと思った。妾とて、金の力でついて来ているだけであり、心の触れ合いはないのであろう。

「ありがとう存じます」

金兵衛はうれしそうに頭を下げた。

剣一郎が財布を出そうとすると、

「ここは結構でございます」

と、金兵衛が手を振った。

「いや。そうはいかぬ。それから、そなたも金を貸している相手だからといって、勘《かん》定《じょう》を払わないのもよくない」

「恐れ入ります」

金兵衛は勘定をちゃんと払った。女将が珍しそうな顔をしていた。

外に出ると、さっきよりさらに冷えていた。

「これは雪になるな」

剣一郎が夜空を見て呟いた。

「ほんに。真冬に逆戻りしてしまったようですな」

金兵衛は身体を震わせたが、その顔は生き生きとしていた。

しかし、それが生きている金兵衛の顔を見た最後になった。

二

翌三日。春には珍しく、朝から雪が降り続き、夕方には小止みになったものの、また夜になって降り始めた。

五つ（午後八時）頃、菅笠《すげがさ》に蓑《みの》を着た男が蔵前通りを前屈《まえかが》みになって、もくもくと歩いて行くのを、雪かきに外に出てきた札差《ふださし》の丁稚《でっち》が見ていた。雪の降り積もった夜道には他に人影はなく、その男の影が雪化粧の暗がりに消えて行く。

いったい、どこに行くのだろうと、丁稚は好奇心に満ちた目で見送った。

丁稚が見送った男は雪に足をとられながら、駒形《こまがた》を過ぎ、吾妻橋袂《あずまたもと》から花川戸《はなかわど》に向かった。馬道《うまみち》の居酒屋から花川戸の長屋に帰宅する職人が、途中でその男とすれ違った。その男は、今戸のほうへ向かった。

その男の菅笠や蓑には雪がだいぶ積もっていたので、かなりの時間、歩いているのだろうと、その職人は思った。

男は懐《ふところ》に手をやっていた。その手に、血糊《ちのり》のべったりと付いた斧《おの》が握られていたことに職人が気づくはずもなかった。

五つ半（午後九時）をまわった頃、今戸の一軒家に住む千吉《せんきち》は女房のお春《はる》と静かな夜を過ごしていた。

真っ赤に炭火のおこっている長火鉢の上では鉄瓶《てつびん》の湯が沸騰《ふっとう》していた。銅壺《どうこ》には新しい銚子が入っている。もう何本目だろうか。

千吉は田原町《たわらまち》に小間物《こまもの》の店を持っていて、毎日、ここから田原町まで夫婦で通っている。三年前に、念願の店を持ったのである。

きょうは雪のせいで客もなく、早々と店仕舞いをし、夕方前に今戸の家に帰って来たのだ。

「はい、おまえさん」

お春が酒を注ごうとした。

「もう、だいぶ呑んだな」

雪見酒と洒落《しゃれ》て呑み始め、もう七本目かもしれない。

「たまにはいいじゃありませんか。ずっと忙しかったんですから」

「そうだな」

そう言って、千吉は猪口をぐいと空けた。

しばらくして尿意を催し、千吉は厠《かわや》に立った。

濡《ぬ》れ縁《えん》に出ると、すでに雪が止んで、月が出ているのに気づいた。狭い庭も雪に埋もれ、隣家の庭にある松の樹も雪をかぶっている。

一面の雪化粧が月明かりを受けて、黄色みを帯びて輝いていた。その雪明かりで障子の外も明るい。

冷たい夜気が火照《ほて》った顔に気持ちよかった。

いつの間にか、お春が横に来ていた。

「まったく静かだ。按摩《あんま》の笛も犬の鳴き声も聞こえねえ」

お春も頬を染めて、ふたりともだいぶよい心地になっている。

冷えて来て居間にもどった。

「おまえさん。そろそろ向こうに」

お春がなまめかしい目つきで誘った。

「ああ」

千吉もにやりと笑った。

千吉は二十八歳、お春は二十二歳。まだ、子どもはなかった。そろそろ、子どもが欲しいと、お互いに思っていた。

隣の寝間に行こうと立ち上がったとき、表戸を激しく叩く音がした。どうかしたのか、性急な叩き方だった。

「なんだ、あの叩き方は」

千吉は驚いたと同時に不快になった。

「誰かしら、こんな時間に」

お春は怯《おび》えて言う。音はさらに激しくなった。

千吉は玄関に出た。

「どなたですかえ」

少し、突慳貪《つっけんどん》な言い方で、千吉は呼びかけた。

「隣の家が変なんだ。様子を見てくれ。頼んだ」

震えを帯びた声だ。

「おきんさんのところですか」

お春が確かめた。

「そうだ」

「おまえさんは？」

「じゃあ、頼んだぜ」

一方的に言い、男がそこから離れる気配がした。

「あっ、もし」

あわてて心張棒《しんばりぼう》をはずし、千吉は用心深く戸を開けた。

さっと冷たい空気が流れ込んで来た。玄関前から通りに足跡がついている。

千吉は通りに出てみた。すると、茶の弁慶縞《べんけいじま》の着物の男が橋場《はしば》のほうに去って行く後ろ姿が目に入った。男はあわてているのか、雪に足をとられつんのめった。すぐに体勢を立て直して、やがて暗闇の中に消えていった。

後ろ姿でよくわからなかったが、長身の痩《や》せ型で、その割りには怒り肩。二十代後半のように思えた。

千吉が家に戻ると、お春が緊張した顔つきで、

「おきんさんの家で何かあったのかしら」

と、隣を気にした。

おきんは横山町三丁目にある金貸し金兵衛の妾だ。

千吉もおきんの家に目をやった。黒板塀に囲まれ、いかにも妾宅《しょうたく》という感じの洒落た家である。

「静かだわ」

お春が低い声で言う。

「そう言えば、今の男は、ときたまやって来る間夫《まぶ》に似ていたな」

おきんは旦那の金兵衛が来ない日など、こっそり間夫を家に引き入れていた。二十七、八の男が出入りをするのを何度か見かけたことがある。ただ、顔までは見ていない。が、その男も痩せて、背が高く、怒り肩だった。

「間夫が忍んできていたところに、旦那が突然やって来たのだとしたら、たいへんな騒ぎになったはずだがな」

金兵衛は小柄な男だった。もし、金兵衛と間夫の間で争いになったとしたら、金兵衛は若い間夫に敵《かな》うはずがない。

そう思ったとたん、急に胸騒ぎがした。

「様子を見て来よう」

千吉が厳しい顔で言った。

「なんだか怖いわ」

「だいじょうぶだ」

千吉とお春は隣家にまわり、門を入った。雪に足を沈ませながら、玄関に向かった。

足跡がないということは、さっきの間夫は裏口から出入りしたのかもしれない。

玄関の前に立った。

「ごめんなさいよ」

千吉は戸を叩いた。

しばらく経っても、返事がない。もう一度、叩いたが同じだった。戸に手をかけてみた。鍵がかかっている。

裏にまわってみた。案の定、勝手口に足跡が残っていた。入って行く足跡と出て行く足跡だ。やはり、間夫は雪が止んだあとに、ここにやって来たのだ。

そんなことを思いながら、勝手口から家の中に入った。

「おきんさん」

玄関の戸を開けると、お春が土間に入って呼びかけた。

返事がない。天窓からの月明かりが勝手口の様子をぼんやりと浮かび上がらせている。

千吉は上がり框《かまち》に手をついて奥を覗いた。すると、誰かが寝ているのか白い足が見えた。女の足のようだ。しかし、そこに寝ているのは不自然だ。

「おきんさん。どうかしなすったか」

千吉は呼びかけた。

反応はない。千吉とお春は顔を見合わせてから板の間に上がった。病気で、倒れてしまったのかもしれないと思った。

「おきんさん」

お春が呼びながら近寄った。

「ひぇえ」

お春が腰を抜かした。

「どうした？」

おきんを見た千吉はあっと息を呑んだ。頭から血を流し、白目を剝《む》いていた。死んでいるのだと、すぐにわかった。

おきんから顔を上げたとき、ふと居間に目が行った。そこの鴨居《かもい》から誰かぶら下がっているのが見えた。

千吉は叫んだが、声にならなかった。

知らせを受けて駆けつけた岡っ引きの花川戸の伝六《でんろく》は、覚えず目を背《そむ》けた。

行灯《あんどん》の明かりに照らされた女の死体は頭を割られ、顔面が血に染まり、むごたらしい姿だった。

伝六は三十六歳になる。小肥《こぶと》りで、鋭い目つきは相手を威圧し、何度も悲惨《ひさん》な殺しの現場を見てきた男だが、そんな伝六が覚えず目を背けるほどの無残な傷だった。

女は斧で頭を割られていたのだ。そして、鴨居から首吊りの状態でぶらさがっていたのは年配の男だった。男の右手には血糊がつき、体にも血がついていた。

「女はおきん、男は金兵衛に間違いないんだな」

伝六は家主にきいた。でっぷりした家主は今月の月番で、自身番に詰めていたのである。知らせを聞いて真っ先に駆けつけたのだ。

「へえ、間違いありません」

家主は恐怖に顔を強張《こわば》らせて答えた。

金兵衛は横山町にある金貸しで、おきんは妾だと知り、伝六は合点《がてん》したように頷《うなず》いた。

何らかの理由から、金兵衛が妾を斧で殺し、そのあとで鴨居に帯をかけて首を括《くく》った。伝六はそう判断した。首を括った金兵衛の足元に血糊のついた斧が落ちていた。

八丁堀から同心の旦那がやって来るまで間がある。それまで、伝六の独壇《どくだんじょう》場だった。

「おい、金兵衛を下におろしてやれ。あっ、帯はそのままにな」

へいと、手下がふたりがかりで金兵衛を下ろして、畳に横たえさせた。おきんの死《し》骸《がい》は、検死与力がやって来るまで、そのままにしておいた。

次に、伝六は隣の部屋に待たせていた隣家の夫婦のところに行き、

「おまえさんかえ、最初に見つけたのは」

と、夫婦のどちらへともなくきいた。

「はい。ふたりでここにやって来て見つけました」

「おまえさんの名は？」

「はい。私は千吉、こっちが女房のお春でございます」

「わかった。で、どうして、おまえさんたちはこの家に入ったんだね」

「それが、四つ（午後十時）近い時分に、突然、戸を叩く音が聞こえました。誰かと問いかけると、隣家の様子がおかしいから見てきてくれと一方的に言い、そのまま逃げるように去って行きました」

伝六は眉を寄せた。

「どんな男かわからねえのか」

「茶の弁慶縞の着物しかわかりませんでしたが、たぶん、おきんさんの間夫だったと

思います。顔ははっきり見ちゃいませんが」

「おきんに間夫がいたのか」

「はい。旦那の来ない日に、こっそり忍んで来ているようでした」

「どこの者かはわからないんだな」

「はい。いつも、ちょっと見かけるだけでした」

間夫がいたとなると、ちと事情が変わってくるかな、と伝六は戸惑った。

その間夫がふたりを殺し、金兵衛が妾を殺して首を括ったように見せかけた疑いも出てきた。金兵衛の手や着物に血がついていたのは、偽装ということになる。

だが、間夫の仕業《しわざ》だとしたら、女を殺さなければならない動機は何か。女と金兵衛のふたりを殺さねばならないという理由があるようには思えない。

それに、雪に残った足跡は大きさからいって間夫のものである。間夫がやって来る前に、すでに金兵衛はこの家に来ていたのだ。雪が降っている間に、金兵衛がここに来ていなければならない。そうでなければ金兵衛の足跡が残っているはずだからだ。

また、凶器の斧はもともと、この家にあったのか、それとも誰かが持って来たのか。

伝六はいくつかの可能性を考えたが、やはり、結論は金兵衛の犯行は動かしようがないように思えた。

間夫の存在に気づいた金兵衛が嫉妬《しっと》からおきんを責め、かっとなって殺してしまった。自分のやったことに驚いて、金兵衛は気が動転して首を括った。そのあとに、何も知らぬ間夫が訪ねて来て二つの死体を発見し、驚いて隣家に知らせた。そう考えるのが自然であろう。

ともかく、金兵衛の家族からも事情を聞く必要がある。

今、伝六の手下が、横山町三丁目にある金貸し金兵衛の家まで知らせに走った。はっきりした結論を出すのはそれからだと、伝六は思った。

その頃、伝六の手下は横山町に向かって走っていた。といっても雪道で、思うように走れない。

すでに子《ね》の刻（午前零《れい》時）だ。町木戸はとうに閉まっている。

途中、何度も転び、体がびしょびしょになりながら、横山町の町木戸を開けてもらい、やっと金兵衛の家に着いた。

しばらく戸の前に佇《たたず》み、肩で息をしていたが、最後に深呼吸をして、戸を叩いた。

もう、どの家も眠っている。最初は静かに戸を叩いたが、だんだん強く叩いた。

わった。

「ごめんよ。火急の用だ」

何度叩いても起きて来ないので、手下は舌打ちしてから、狭い路地に入って裏にまわった。

勝手口の戸を見て、おやっと思った。

戸が少し開いているのだ。

手下は訝《いぶか》しく思いながら、戸を開き、中に入った。

「ごめんよ」

大きな声で呼びかけたが、何の反応もない。

「おう、誰《まぎ》もいねえのか」

腹立ち紛れに入ったとき、つんと強烈な匂いが鼻をつき、顔を歪めた。次の瞬間、背筋に冷たいものが走った。血の匂いだ。

天窓から月明かりが射している。足が竦《すく》んだが、勇を鼓《こ》して、板の間に上がった。

隣の部屋に入ったとき、黒いものが横たわっているのが見え、手下はぎょっとした。人のようだ。天窓の明かりは、そこまで射さない。

「おい、寝ているのか」

だが、返事はない。血の匂いがまた蘇《よみがえ》った。

よくみると、部屋の隅にもうひとりの影があるのに気づいた。その者は不自然な形で、壁に寄り掛かっていた。

闇《やみ》に馴《な》れた目に飛び込んだのは脳天を割られた死体だった。

ぎぇえと悲鳴を上げて、手下は外に転げながら逃げて、自身番に駆け込んだ。

三

寝床に入って、どのくらいの時間が経ったろうか。

剣一郎は妻多恵《たえ》の声で目を覚ました。

「表に、京之進どのの使いがいらしているようです」

多恵が緊張した声で言った。

「今、何時だ?」

「丑《うし》の刻(午前一時)になろうかと思います」

剣一郎は寝間着にどてらを引っかけて玄関に向かった。底冷えがし、廊下は素足に冷たかった。

若党の勘助《かんすけ》が京之進の使いの者の応対をしていた。

「青柳さま。夜分、お騒がせして申し訳ありません」

そう言ってから、使いの者が、

「さきほど、横山町の自身番の者が駆けつけ、金貸し金兵衛の家の者が斧で頭を割られて殺されていると知らせて来ました」

「なに、金兵衛の家族が？」

剣一郎は使いの者の顔を食い入るように見た。

「はい。主人植村京之進は金兵衛の家に向かいましたが、いちおう青柳さまにお伝えしておけと」

「わかった。ごくろうであった」

金兵衛とは一昨日《おととい》酒を酌《く》み交わしたばかりであった。そのことがあったので、京之進は知らせてくれたのかもしれない。

剣一郎は部屋に戻ると、すぐに着替えた。

殺しなどの事件を扱うのは定町廻り同心である。定町廻りは奉行直属であり、与力の配下にない。したがって、与力である剣一郎は事件に関わることはない。

だが、剣一郎はときに特命を受けて、定町廻り同心に手を貸すことも多かった。しかし、この事件の場合は、剣一郎が乗り出すべきものかはわからなかった。

そういう事情があるが、剣一郎はじっとしていられなかった。

若党の勘助を連れ、剣一郎は屋敷を出た。

金兵衛一家に何があったのか。

雪は止んだが、積もっていて歩くのに難儀をしながら、江戸《えど》橋を渡り、大伝《おおてん》馬町《まちょう》の角を曲がり、横山町へとやって来た。

金貸し金兵衛の家は絵草子《えぞうし》屋と酒屋の間にある土蔵造りの二階家だった。それほど大きな家ではないが、重厚な感じの造りだった。

家の前には提灯《ちょうちん》が幾《いく》つか灯り、明るくなっていた。表戸が開いていて、自身番の者や町内の若者たちが手伝いに来ていた。

「あっ、青柳さま」

自身番の者が剣一郎を驚いたように見た。

その声が聞こえたのか、奥から京之進が出て来た。

「青柳さま。申し訳ありません。明日の朝にお知らせすべきかと思ったのですが」

「いや。知らせてくれてよかった。現場を見せてもらおう」

剣一郎は座敷に上がった。京之進に続いて居間に入ると、長火鉢の前に女が倒れているのが目に飛び込んだ。

剣一郎はしゃがんで死体を覗き込んだ。

歳の頃は二十三、四。頭がざっくり割れている。下手人は力いっぱい斧を振り下ろしたのだろう。他には傷はない。頭の一撃で絶命したようだった。

「これは金兵衛の娘か」

「はい。そうです。娘のお綱《つな》」

京之進は次に台所に案内した。そこでふたりが倒れていた。ひとりは二十歳《はたち》前の女。女中のようだ。もうひとりは三十前と思える男。婿の貞八であろう。さらに、二階で、五十過ぎの女が死んでいた。妻女おふねに違いない。

皆、頭や顔を斧で割られていた。ただ、貞八だけは抵抗したのか、顔面以外にも、二の腕に深い傷があった。

貞八は長身で肩は角ばり、痩せている割りには胸板も厚く、力が強そうだった。それでも、斧の攻撃にはひとたまりもなかったのだろう。

「金兵衛は？」

この家の主人金兵衛の姿がどこにもないことに、剣一郎は胸騒ぎがした。

そのことを問うと、

「金兵衛は、今戸にある妾の家で首を括って死んでおり、妾は斧で頭を割られていたそうです」

と、京之進が話した。

「金兵衛が首を括っていた……」

剣一郎は絶句した。

花川戸の伝六の手下が今戸の家の惨劇をこの家に知らせにやって来て、死体を発見したのだと、京之進は説明した。

「金兵衛の足元に、斧が落ちていたそうです」

京之進は伝六の手下から今戸の様子を聞いていたのだ。

「今戸のほうは何時頃だ？」

剣一郎は確かめた。

「五つ半過ぎではないかと言うことです」

「五つ半をまわった頃か」

「こっちの者たちが殺されたのは、再び雪の降り始めた宵《よい》の口だと思います。金兵衛は、ここで犯行を済ませてから今戸に……」

京之進は痛ましげに言い、そして付け加えた。

「まだ雪が降っている時刻でしたから、悲鳴も近所には聞こえなかったかもしれません」

剣一郎は京之進の声を聞きながら、金兵衛のことに思いを馳《は》せた。

金兵衛は確かに家族との不仲を嘆《なげ》いていた。だが、別れるときには、自分を変えてみると、誓ったのだ。

表情もいきいきとしていた。そこに今回の凶行《きょうこう》を予感させるものはまったくなかった。僅《わず》か一日で、金兵衛にどんな心の変化があったというのか。

ほんとうに金兵衛の仕業なのか。

剣一郎はもう一度、貞八の死体に目をやった。こんな大柄な男まで金兵衛にやられてしまったのだろうか。

「外から誰も侵入していないのか」

剣一郎の質問の意味を、京之進はすぐに察したように、

「ないようです。庭をご覧になりますか」

と、きいた。

「そなたが調べたのなら、見る必要もないが、念のためだ」

「はっ」

京之進は庭の案内に立った。

濡れ縁に出ると、冷たい夜気が顔に当たった。

庭下駄を用意してもらい、剣一郎は庭に出た。

狭い庭には足跡一つない。殺しが行なわれた時刻は雪が降っていた。その後も一刻（二時間）近く降り続けていたのだから、外から下手人が侵入したとしても、その痕《こん》跡《せき》を消してしまっているだろう。

池の傍《かたわ》らにある木の枝から、ばさっと雪の固まりが落ちた。と、その木の枝の所に、何かが引っかかっているのに気づいた。

「京之進。あれは？」

京之進が近寄って来た。

「あそこを見てみろ。何か引っかかっている」

「見てきます」

京之進が池をまわり、手を伸ばして枝にかかっているものをとった。雪が同時に落ちて、京之進の肩にかかった。

京之進が布を持って来た。着物のようだ。

京之進が広げた。小振りな男ものの夜着だ。そこに血がべっとりと付いていた。なぜ、こんなものがあの木の枝にと、剣一郎は不思議に思った。

「雪が被いかぶさっただけではない。庭にはひとは通っていない。これは、おそらく濡れ縁からこっちに向かって投げたのだ」

剣一郎が言うと、

「これは返り血です。大きさから言って、金兵衛の着物のようです」

と、京之進が応じた。

「しかし、なぜ、あんなところに捨てたのか」

剣一郎は疑問を呈《てい》した。

「金兵衛は犯行後、汚れた着物を脱ぎ、濡れ縁から放り、台所で顔や手足についた血を洗い落とした。そして、新しい着物を着て、今戸に向かったのではないでしょうか」

京之進は血まみれの着物を持ったまま言う。

「確かに状況的には、下手人は金兵衛だが……」

剣一郎にはまだ納得いきかねるものがあった。

「それにしても、金兵衛はどうして妾まで殺したのだ。妾も斧で頭を割られていたそうではないか」

屋根から雪が落ちた。傍にいた京之進の手下が寒そうに首を竦《すく》めた。

「金兵衛は乱心したとしか考えられません」

京之進がやりきれないように言う。

「確かに、凶器の斧が金兵衛の足元に落ちていたのだから、やはり金兵衛の仕業と見るほうが自然だろう」

剣一郎はそう言いながらも、ふと金兵衛の顔を蘇らせた。

状況的には、そう考える他はない。すべての状況が金兵衛の犯行を示しているように思えた。金兵衛は何らかの理由から、家族を殺し、さらに妾まで殺して死のうとしたのだ。つまり、金兵衛による無理心中だ。

「この家族の間に何があったのか、それを調べてみるまでまだなんとも言えない」

剣一郎は金兵衛の犯行と断定することにためらうものがあった。

「今戸に行ってみる」

剣一郎が決然と言った。

「これからですか」

京之進が驚いて言う。

「早いほうがいい」

今戸の受け持ちは大下半三郎《おおしたはんざぶろう》という定町廻り同心だった。

「もう、死体は片づけられていると思いますが」

京之進は剣一郎を気づかうように言う。

「部屋の状況だけでも見てみたい」

剣一郎の精力的な動きに、京之進は目を見張った。

「あとを頼んだ」

と京之進に声をかけ、剣一郎は外に出た。

再び、勘助を伴い、雪道を今戸に急いだ。

今戸に行っても無駄かもしれない。死体発見からだいぶ時間が経っているし、京之進の言うように、金兵衛の死体は下ろされているだろう。

それで、何かわかるか。剣一郎にも自信はない。ただ、念のためだ。

蔵前通りを駒形に近づく頃になると、勘助の息づかいが荒くなっていた。吾妻橋の袂を過ぎた頃には、すっかり顎《あご》を出して、歩みが遅くなった。

「勘助。だいじょうぶか」

剣一郎は立ち止まって、勘助を待った。

「申し訳ありませぬ。だいじょうぶでございます」

勘助は雪の上に倒れそうになった。

「勘助。あとから来い」

「いえ、だいじょうぶでございます」

勘助は再び歩き出した。

雪明かりの道は提灯がなくても不自由ではなかった。

剣一郎も息が苦しかった。雪の中に足が埋まるので、ふつうの倍以上に疲れた。

やっと今戸にやって来た。金兵衛の妾の家の前に奉行所の者がたむろしていて、提灯の明かりがたくさんあった。

剣一郎はその玄関に向かった。

「あっ、青柳さま」

目敏《めざと》く見つけ、この界隈《かいわい》を受け持ちとしている大下半三郎が玄関から出て来た。四十歳。吉原の大門横にある面番所に詰めている。洒落《しやれ》者が多い定町廻り同心の中でも、吉原をも縄張りにしているので、ことにこざっぱりした格好をしていた。

「横山町からやって来たのだ」

大下半三郎が目を見張った。

「わざわざ、こちらに?」

「ちょっと気になってな」

「横山町の金兵衛の家でもたいへんな惨劇だったそうですね」

「うむ。金兵衛の家族が皆殺されていた。向こうの犯行は六つ半（七時）過ぎとのことだ。こっちの事件は五つ半（九時）頃だそうだな。つまり、金兵衛が家族を殺し、こっちに来て、妾を殺し、自分も死んだ。そういうことになるのだが」

「何かご不審なことでも」

大下半三郎がきいた。

「いや。ただ、金兵衛とは一昨日会っているのだ。そのときの様子から、このような真似をするとは思えなくてな」

「はあ」

「首吊り死体に、おかしな点はなかったか」

「まさか、何者かが首吊りに見せかけたということですか。いえ、それは」

大下半三郎は否定した。

「どうしてだ？」

「じつは、隣の千吉という男の家に、妾の間夫らしい男がやって来たのです。様子がおかしいので見てくれと言って、そのまま逃げてしまった。おそらく、その間夫は忍んで来たところ、妾が殺されていて、かつ金兵衛が首を吊っているのを見つけたのではありますまいか。それでたまげて、千吉の家に助けを求めに来たのです。そういうわけで、千吉夫婦がおきんの家を訪れて死体を発見したというわけなのです。辻褄《つじつま》があっているように思えますが」

大下半三郎は自信に満ちた顔で言った。

「いちおう、首吊りした現場を見せてもらおうか。見ても、目新しいことがわかるとは思っていないが」

剣一郎は頼んだ。

「死体はぶらさがってはいませんが」

そう言って、大下半三郎が案内に立った。

「勘助。擦《こす》れた跡がないか、鴨居をよく見ろ」

剣一郎は勘助に指図する。

「はい」

勘助は台を持って来て、そこに乗っかって鴨居の上を見た。

「少し擦った跡があります」

覗きながら勘助が言う。

最初から帯を鴨居に巻き付けて、金兵衛が首を括ったのか。あるいは、何者かが、金兵衛の首に帯を結び、鴨居に通して帯を引っ張り上げたのか。傷跡からでは判断出来なかった。

ねずみ色の兵児帯《へこおび》が鴨居の下に落ちていた。検死与力はこの帯まで関心を示さなかったようだ。

剣一郎は帯を手にとった。首をかけた部分を目を皿のようにして見ていた。

次に隣室に移された死体の傍に行った。

岡っ引きの伝六が案内した。

妾のおきんは頭を斧で割られていた。横山町の死体の傷跡と同じだった。

次に、金兵衛を見た。首に蒼《あお》く帯状の跡がついている。それを確かめてから、剣一郎は金兵衛の指先を見た。

「指先に擦れた傷がある。爪も割れている」

「どういうことですか」

伝六が緊張した声できいた。

「金兵衛は首にかかった帯を必死に取り外そうともがいていたようだ。自殺する人間がそのようなことをするはずがない」

「じゃあ、金兵衛は殺されたのですか」

「その可能性もある」

だが、はっきり断定は出来ない。

大下半三郎を呼び、

「この金兵衛の指先を見てみろ。もがいたような跡がある。苦しがって、帯をはずそうとしたのではないか」

と、剣一郎は話した。

「確かに」

大下半三郎は困惑したような表情をした。

すると、すかさず伝六が、

「ですが、死のうと思って帯を首にかけたが、急に怖くなって思い止まろうとした。だが、そのときはもうぶらさがっていたってことだろうと思いますが」

と、意に介さずに答えた。

大下半三郎も伝六の説明を引き取って、

「状況を見れば、金兵衛が本宅で家族を殺し、こっちで妾を殺した末に首を括った。そこに疑問をはさむ余地はないように思えるのですが」

と、遠慮がちに剣一郎に言った。

それに対して特に答えず、

「隣に行ってみよう」

と、剣一郎は玄関に向かった。

といっても真夜中だ。起きているかどうか、わからない。それでも行ってみた。

隣家の玄関の前に立ったが、中は真っ暗だ。やはり、千吉夫婦は眠ったらしい。夜が明けてから出直そうとしたとき、玄関の内側に明かりが灯った。

小窓からこっちの様子を見ていたようだ。

戸を開けて、二十七、八歳の男が顔を出した。

「青柳さまで。ご苦労さまにございます」

千吉は頭を下げた。やはり、左頬の青痣で気づいたようだ。

「まだ、起きていたのか」

剣一郎は土間に入った。

「なんだか、眠れやしませんで。うちの奴も起きています」

「とんだ災難だったな。ちょっと話を聞かせてもらっていいか」

「はい、どうぞ」

「二度手間になって悪いが、きのうのことをもう一度、聞かせてくれないか」

剣一郎は千吉夫婦の顔を見た。

「ようございますとも」

そう言って、千吉は間夫らしい男が戸を叩いて変事を知らせに来たことから．夫婦でおきんの家に入って死体を見つけたことを興奮しながら話した。

「なるほど。で、その男の顔は見てはいないのだな」

剣一郎は確かめた。

「はい。後ろ姿だけです。ただ、その後ろ姿は、ときたまおきんさんの所に忍んで来る男に似ていました」

「どんな男だね」

「長身で痩せていました。怒り肩が印象に残っています」

「おきんに間夫がいたのは間違いないのか」

千吉はお春と顔を見合わせてから、

「はい。ときたま、おきんさんの家を出入りする若い男の姿を見かけたことがございます。おきんさんが見送りに出ていることもあって、ふつうの関係でないことはすぐわかりました」

そう言う千吉の声を引き取って、妻女のお春が口を開いた。

「一度、おきんさんにそのことをきいたら、後生だから黙っていて欲しいと。旦那に気づかれたら、あたしは殺されてしまう、とおきんさんは首を竦めていたことがあるんです」

「間夫の名前なんぞは聞いてはいないだろうな」

「ええ。さすがに名前は言いませんでした。そのことに触れると、口を濁《にご》していましたし、ほんとうに旦那に知られたら殺されると怯えていましたから。なんでも、二重に裏切っているんだものと、言っていました」

「二重の裏切り？　それは何だね」

「そこまでは話してくれませんでした」

「そうか。その他に何か気づいたことはないか」

「いえ、特には……」

剣一郎はこれ以上きくことはないと思った。

「また寄せてもらうかもしれない」

「いつでもどうぞ。田原町に私らの店があります。昼間はそこにおりますので」

千吉はそう言ったあとで、

「どうも、私は旦那がおきんさんを殺したとは信じられません。おきんさんの話では、あの旦那は自分にめろめろなのとのろけていましたから。仮に、間夫のことに気がついて、逆上したとしても、あの旦那のことだから、間夫のほうを殺すと思うんです」

「しかし、実際には妾のほうが死んでいる。なぜだと思うね」

「わかりません。もしかしたら、旦那は間夫を殺そうとしたら、おきんさんが必死になって止めた。その間に、間夫が逃げ出した。そのこともあって、おきんさんが可愛さ余って憎《にく》さ百倍になったのかとも」

「なるほど」

間夫のことで諍《いさか》いになったとしても、金兵衛が殺すのはおきんではなく、間夫のほうだという千吉の疑問はもっともだ。しかし、嫉妬に燃えたら、男だってかっとなって、おきんに襲いかかることもあるだろう。

「何か思い出したことがあったら、教えてくれ。邪魔をした」

剣一郎は千吉の家を出た。

蔵前通りを抜けて、日本橋川に差しかかった頃に、ようやく東の空が白みはじめてきた。

四

朝、剣一郎はいつもの時間に供を連れて屋敷を出た。

きょうは風もなく、朝から暖かい陽光が射し、春が戻っていた。屋根から雪解けの水の垂《た》れる音が途切れなく続いている。

陽光を照り返して、雪が眩《まぶ》しい。道の真ん中は雪が溶け、足袋《たび》に水が染み込んできた。

道端のあちこちに雪だるまが出来ていた。ことに見事なのは京橋《きょうばし》川沿いの竹河岸《たけがし》に作られた雪だるまで、人間の倍近い高さがあり、炭団《たどん》の目鼻が愛嬌《あいきょう》があった。

ゆうべはほとんど眠っていない。明け方に屋敷に戻ったものの、金兵衛のことが脳裏から離れず、そのことばかりを考えていたのだ。

奉行所に出仕すると、奉行所の庭にも雪だるまが出来ていた。

与力詰所で、金兵衛一家の惨劇がもう噂《うわさ》になっていた。ここでは金兵衛が家族と妾を殺して首を括ったことが事実として伝わっていた。

「やっぱし金兵衛の妾に対する嫉妬からだろうか」

「いや。いくら嫉妬だとしても、自分の娘まで殺す必要はない。嫉妬からなら、妾を殺して自害すればいい。もっと、深い事情があるはずだ」

「深い事情か」

そんな会話を耳にしながら、剣一郎はあえて異を唱えたりしなかった。

あれから満足に寝ていないので、ついうつらうつらと居眠りが出そうになるのだが、事件のことを考えて頭が勝手に働いて、眠気を吹っ飛ばしていた。

確かに、状況を見れば、金兵衛の犯行と考えるのがもっとも無理がないように思える。その一方で、金兵衛が生まれ変わると約束してくれたことが頭から離れないのだ。

金兵衛は妾とも別れると言っていた。もともと金でくっついて来ていた女です。惚れた腫れたという関係ではない。別れるとなったら、なんの未練もありませぬ。そう言っていたのだ。

たとえ、妾との別れ話に問題が生じたのだとしても、横山町の家族にまでその影響が及ぶとは考えられない。

そうは思いつつ、果たして金兵衛の決意はほんものだったかどうか。あのときは腹をくくった気でいたが、いざとなって気持ちが揺れ動いたか。

その日一日、剣一郎は頭の中で金兵衛のことをあれやこれやと考えていた。

夕方になって、奉行所に戻ってきた京之進から話を聞いた。

「蔵前通りから花川戸まで歩いてきました。すると、事件の夜、雪の夜道を歩いて行く男を見ていた者がふたり見つかりました」

京之進は少し疲れた顔で話した。

「ひとりは御蔵前片町《おくらまえかたまち》にある札差の店の丁稚。もうひとりは馬道から帰る途中の花川戸に住む職人です。ふたりとも、菅笠をかぶり、蓑をはおった男が俯き加減に歩いて行くのを見ていました。時間からいって、その男が金兵衛に違いないと思います」

「ひとりだったんだな」

「そうです。ひとりでした」

それからと、京之進は続けた。

「金兵衛一家の噂を拾っておきました。金兵衛は強欲な男なので蛆虫《うじむし》のように嫌われているのはご存じのとおりなのですが、どうも金兵衛は家族とも折り合いが悪かったようです」

そのことは、金兵衛本人から聞いている。

「ところが、家族のほうにも問題があるらしく、妻女と娘のお綱はふたりとも派手な性格で、芝居茶屋にも出入りをして、かなり散財をしていたようです。そのことで、金兵衛とよく言い合いをしていたということです」

うむと、剣一郎は頷《うなず》いて聞いた。

「婿の貞八はおとなしい人間で、義父から押さえつけられ、妻のわがままにも何も言い返せない男のようでした」

「貞八について何かわかったか」

「いえ。三年ほど前に、金兵衛は貞八に助けてもらったことがあり、それが縁で婿に入ることになったというのはわかりましたが、それ以前、貞八が何をしていたかは誰も知らないのです」

「そうか。関わりないかもしれないが、貞八の素性を調べておいたほうがいいかもしれぬな」

「はい」

「ところで、金兵衛があのような犯行に走らねばならなかった理由は見つかったのか」

「いえ。ただ、金兵衛の同業だった者の話では、金兵衛は妾のおきんに間夫がいるかもしれないと猜疑心《さいぎしん》を持っていたってことです」

「やはり、妾とのことか。しかし、それで、家族を皆殺しにするというのも解《げ》せないが」

　剣一郎は顎《あご》に手をやった。

「ただ、家族にも絶望し、妾にも裏切られて、自暴自棄になってしまったのではないでしょうか」

「京之進。どうしても、妾の間夫という男を見つけ出さなければだめだ。その男から事情を聞けば、何か見えてくる」

「その件は、大下どのも探索をしておりますが、私のほうも探してみます」

「そうしてもらおう。それから、念のために、金兵衛を恨《うら》んでいる人間を捜してみてはどうか。特に、借金の返済を厳しく迫られていた人間をひとりずつ当たってみてもいいかもしれない」

「かしこまりました」

　そう言って京之進は引き下がったが、京之進も大下半三郎も、金兵衛の犯行とはじめから見ているようだ。

　無理もない。状況的には金兵衛の犯行に間違いないようなのだ。

　ただ、剣一郎は事件の前日に差し向かいで金兵衛と話をしている。その印象から、金兵衛が破滅的な行動に出たということが信じられないだけなのだ。

退出の時間になり、剣一郎はいつものように裃《かみしも》に着替え、中間《ちゆうげん》や小者、草履《ぞうり》持ちなどを従え、南町奉行所を出て、数寄屋《すきや》橋を渡った。

きょうは暖かな一日だった。

どこぞの家の庭に梅が咲きほこっていた。きのうの雪が最後で、いっきに春爛漫《らんまん》となろう陽気なのに、剣一郎の心は屈託《くつたく》に満ちていた。

金兵衛、何があったのだ。

剣一郎はいつしか金兵衛に思いを馳せていた。


翌日、風はなく、穏やかな日だった。

風烈廻り与力の剣一郎は例繰方《れいくりかた》与力の職も兼務しているが、そのほうも早急にやらねばならぬ仕事もなかった。

それで、午後になって、剣一郎は奉行所を抜け出た。

剣一郎は横山町三丁目の金貸し金兵衛の家にやって来た。戸が閉まり、町方の者がひとり、見張りをしているだけでひっそりとしていた。

町方の者が戸を開けてくれたので、土間に足を踏み入れた。座る者のいなくなった帳場格子の脇を抜け、奥に向かった。

住人のいなくなった家は不気味なほど静まり返っていた。

町方の者が雨戸を開けてくれた。濡れ縁から庭を見る。事件の日は雪で被われていたが、今は僅かに陽の射さない植え込みに雪が残っているだけだった。

裏口から屋内に入った。現場に立てば、何か見えてくるかもしれない。そう思って、剣一郎はここにやって来たのだ。

台所から居間に移った。こうして、改めて現場に立つと、犯行の模様が目に浮かんでくるようだった。

金兵衛は家族を次々と斧で襲い、さらに女中まで手にかけた。斧を振りかざす金兵衛に何の抵抗も出来なかったと思われる。

金兵衛の仕業だったとして、なぜ、金兵衛は奉公人である女中まで殺したのか。まっとうな判断が出来なくなっていたのか。

次に剣一郎は庭に出て、土蔵まで覗いた。

土蔵の横に物置小屋があり、薪《まき》が積んであった。凶器の斧は薪割りに使っていたのだろう。

殺しをはじめるとき、金兵衛は物置小屋まで斧をとりに行ったのか、それとも昼間のうちに斧を家のどこかに隠していたのか。

鬼気《きき》せまる金兵衛の姿が浮かぶ。

婿の貞八は金兵衛を取り押さえることは出来なかったのか。いや、金兵衛は最初に貞八を襲ったのかもしれない。

正直、不可解な点はあるにしろ、金兵衛の仕業である可能性は高いと思っている。だが、剣一郎は別れたときの金兵衛の生気の漲《みなぎ》った顔が脳裏から去らないのだ。あの顔から、死に向かうようになるとはとうてい思えない。

それに、現場の様子にも不審な点は見いだせる。僅かでも疑問があれば、捨ておけない。


二日後、金兵衛の妻女と娘、そして婿の貞八の三人の弔《とむら》いが、金兵衛の弟の金次郎《きんじろう》によって、横山町三丁目の家で執《と》り行なわれた。

金兵衛は妾を入れて五人の人間を惨殺したという疑いがあり、金兵衛の弔いを出すことは許されなかった。

女中の亡骸《なきがら》は葛西《かさい》村の実家が引き取っていったという。

剣一郎も弔いに顔を出した。

弔いに集まったひとたちは事件の異様さに驚きはしても、金兵衛一家に同情を寄せるものは少なかった。

金を借りている喜助夫婦や『おゆき』の女将の姿があるかと思ったが、見当たらなかった。金を返さずに済むと、悪い了見を持っているのかもしれない。

会葬者の中に、遊び人ふうのふたりの男を見つけて、剣一郎は少し違和感を持った。喪服ではなく、縞の着物の着流しは明らかに死者を弔うためにやって来た者とは雰囲気《ふんいき》が違った。

ふたりとも痩せぎすだが、ひとりは長身であり、もうひとりは中背だ。鋭い目つきは共通していた。

貞八が賭場《とば》通いをしていたということから、貞八とつきあいのある連中かもしれない、と剣一郎は思った。

僧侶の読経《どきよう》が終わった頃には、遊び人の男の姿はなかった。結局、焼香《しようこう》もせずに引き上げて行ったようだ。

三人の遺体は北森下町《きたもりしたちよう》にある長桂寺《ちようけいじ》の墓地に土葬された。が、このままでは金兵衛はこの墓に埋葬されないかもしれない。

葬儀の翌日、金次郎に会うために、奉行所の帰りに神田同朋町《かんだどうぼうちよう》に向かった。

金次郎は神田同朋町で荒物屋《あらもの》をやっているのだ。

小商いの店が並ぶ一画に、金次郎の荒物屋があった。

店先には線香、蠟燭《ろうそく》から傘、手拭い、砥石《といし》、歯磨きまでいろいろな雑貨が並んでいた。その雑貨の中にうずくまるようにして、小肥りの金次郎が店番をしていた。

金次郎は兄金兵衛と同じく小柄だが、金兵衛よりだいぶ肥っていた。剣一郎の顔を見て、大儀《たいぎ》そうに居住まいを正した。

「青柳さま。その節はお世話になりました」

金次郎は愛想のいい顔を向けた。

「いろいろたいへんだったな」

兄一家の弔いを出した金次郎の労をねぎらった。

「はい。でも、おかげさまでなんとか格好だけはつけてやることが出来ました」

金次郎は顔色がいい。身内にあのような悲劇があった割りには元気なのは、兄とはあまり仲がよいほうではなかったからだろう。

弟という立場上、弔いを出したが、あくまでも形だけのことなのだ。金兵衛が死んでも、あまり心は痛んでいないようだし、金兵衛が遺《のこ》したものをひとり占《じ》め出来るので、気分が悪かろうはずはない。

おいと、金次郎は妻女を呼んで、店番を命じてから、

「青柳さま。どうぞこちらへ」

と、狭い座敷に通した。

どうやら、金次郎は何か言いたいらしい。

居間で向かい合ってから、金次郎がいきなり不平を言った。

「世間じゃ、私が兄の財産をだいぶ手に入れたと思っているようですが．案外と少なかったんですよ」

「少ないとは？」

「はい。金貸しをやっているほどですから、土蔵にもだいぶ金があると思っていましたが、ほとんど銭函《ぜにばこ》は空同然でしたよ。弔いの費用を出したら、残りはほんの僅か」

「借用書はあるだろう」

「ええ。もちろん、兄に代わって金を返してもらいに行きます」

「うむ。それにしても、それほど金がなかったとは」

剣一郎は、あの金兵衛が、と不思議に思った。

「金貸しの商売も思うようにいってなかったってことですよ。兄は妾に金をかけ、女房と娘は芝居茶屋通い。あの婿の貞八だって、どうやら賭場に出入りをしていたよう

です。てんでんばらばらに派手に金を使っていたんですよ」

「婿の貞八が賭場に出入りをしていたのはほんとうなのか」

剣一郎は確かめた。

「ええ。去年、親父の十三回忌で会ったとき、兄がこぼしていました。おとなしい男だと思っていたが、手慰《てなぐさ》みをしていやがると憎々しげに言ってました」

「貞八はどういう関係で、婿になったか聞いているか」

「あの男は、兄に拾われて奉公人になったんですよ。背が高く、立派な体つきの割りに、おとなしい男で、算盤《そろばん》が出来るし、重宝して使っていた。それで、兄がお綱の婿にしたのです」

金兵衛の言うとおりだった。

「お綱も納得済みのことだったそうだな」

「どうでしょうか。その頃、お綱は遊び呆《ほう》けておりましたからね。男出入りも激しい。悪い男に引っかかって財産をむしり盗られるより、貞八のような男を婿にしたほうが安心だと思ったようです」

その点は、金兵衛の話と少しずれがあった。

「すると、お綱と貞八の夫婦仲もあまりうまくいっていなかったということか」

「そうだと思います。貞八が賭場に出入りするようになったのも、お綱があまり相手にしなかったせいかもしれませぬ。ともかく、兄の家は皆ばらばらでした」

「そうだったのか」

「商売がうまくいかず、その上に家人の浪費。そのことで、兄の神経もおかしくなっちまったんでしょう」

　金次郎は顔をしかめ、

「兄の家の家財道具はすべて道具屋に売り払い、それを弔いの金に当てました」

と、言った。

　剣一郎はやりきれなくなった。もうひとつ、金兵衛の仕業である可能性が高まった。

　金兵衛の苦しみが伝わってくるようだった。だが、金兵衛は壊れた家族の関係を立て直そうと気持ちを新たにしたところではなかったのか。

「青柳さま。何か不審な点でもあるんですかえ」

「いや。念のために調べているだけだ。ところで、そなたは、金兵衛の妾のおきんのことは知っていたのか」

「いいえ。妾を囲っていることは知っていましたが、どこの誰かは知りません。まあ、考えてみれば、兄も可哀《かわい》そうな男です。家庭には恵まれなかった。自業自得《じごうじとく》と言ってしまえば、それまでですが」

金次郎は仲のよくなかった兄に対して同情の言葉を投げかけた。

「兄が頭痛に悩まされていたのも、家庭の中がうまくいっていなかったからでしょう」

「頭痛に悩まされていたのか」

「ええ。頭痛膏《こう》をこめかみに貼っておりました。医者に通っているようでした」

「どこの医者かわかるか」

「さあ、近所の医者だとか言っていました」

「わかった」

その他にいくつかきいたが、とりたてて注目すべきものはなく、剣一郎は金次郎の家を辞去した。

五

翌日は非番だったので、着流しに深編笠をかぶって、剣一郎は屋敷を出た。

横山町にある町医者を訪ね歩いた。すると、金兵衛の住まいからほど近いところに津村承安《つむらじようあん》という町医者がいた。

筒袖《つつそで》の袷《あわせ》に袴《はかま》姿の津村承安は、剣一郎の問いかけに、

「頭の奥がときたま痛むと言っておりました。心労からくるものと思えます」

と、髭《ひげ》だらけの口を動かした。

「その頭痛がもとで、あのような大それた真似をしたという可能性は？」

病気のせいではないかときいた。

だが、医者はそれには応えず、

「いろいろな悩みから夜は眠れずに、そのために頭痛を引き起こしていたのだと思います」

剣一郎は津村承安の家を辞去した。

それから、横山町から浅草御門を抜けて蔵前通りに入り、やがて賑《にぎ》わいを見せている浅草寺《せんそうじ》参道の並木町の手前から田原町のほうへ折れた。

妾のおきんの家の隣家の千吉夫婦は、田原町一丁目で小間物の店を開いていると言っていた。そのことを思い出して、田原町に足を向けたのだ。

田原町一丁目の足袋屋と炭屋の間に、間口二間ほどの小間物の店があった。腰高障《こしだか》

子には『春屋《はるや》』とあった。

店先に、櫛《くし》、笄《こうがい》、元結《もつとい》、紅、白粉《おしろい》などが並べられている。店を覗くと、千吉の女房のお春が店番をしていた。

剣一郎が声を掛けると、お春が立ち上がった。

「青柳さま」

「邪魔する」

剣一郎は腰から差料を外して中に入る。

「さあ、どうぞ」

「『春屋』というのか」

「はい。うちのひとが私の名前からつけたのです」

「そいつはいい。千吉は?」

「今、得意先廻りに出ています。お店だけじゃなくて、行商もしないとならないんです」

「この店は?」

「店先だけを借りているんです。上は大家さんが住んでいます」

「それで、今戸の家から通っているというわけか」

「はい」

「また、同じようなことをきくんだが、おきんの間夫という男のことで、何か思い出したことはないか」

剣一郎は用件を切り出した。

「ああ、あれからいろいろ考えてみたのですけど、これといって」

「そうだろうな」

剣一郎はふと思いついて、

「もし、その間夫に会ったら、わかるか」

と、きいた。

「顔を見たわけじゃありませんが、背格好から似ているかどうかはわかるかもしれません。背が高く細身で、怒り肩でしたから」

「おきんの家には酒屋など出入りをしていたのか」

「はい。今戸橋の近くにある酒屋の『三河屋《みかわ》』さんからお酒を届けてもらっていたようです」

「『三河屋』か。邪魔したな」

礼を言い、剣一郎は外に出た。

そこから今戸に足を向けた。酒屋の『三河屋』に行ってみるつもりだった。

相変わらず賑わっている雷門《かみなりもん》前をひとをかき分けるようにして抜けて、花川戸を過ぎて、やがて今戸橋に差しかかった。

猪牙舟《ちょきぶね》が入って来た。山谷堀《さんやぼり》の船宿は吉原通いの客で賑わっている。

橋を渡り切ると、杉の葉を束ねて丸くした酒林《さかばやし》が軒下に吊るしてある酒屋が見えてきた。暖簾に『三河屋』とあった。

剣一郎はその店先に入った。

小柄な亭主らしき風格の年寄りが奥から出て来た。

「ひょっとして青痣与力の……。あっ、これはどうも」

つい口をついて出たのを、亭主はあわてて謝った。

いやと、剣一郎は気にもとめず、

「ちょっとききたいんだが、こちらで、おきんという女の家まで酒などを届けたことがあるか」

と、きいた。

「はい。いつもご注文をいただいておりました」

亭主は答え、

「まさか、あんなことになるなんて」

と、暗い顔をした。

「売り掛けがあったのか」

「いいえ、おきんさんはお金の支払いはきれいでした。まさか、あの旦那があそこまでやるとは思いもしませんでした」

「品物を届けるのは、誰だね」

「小僧にやらせております。私が集金にお邪魔しておりました」

「おきんの間夫という男に会ったことはあるかえ」

「いえ。ありません」

「そうか。小僧もないだろうな」

「あの男のひとは人前には顔を出さないようにしているみたいでしたから。たぶん、ないと思います」

「そうか」

剣一郎が落胆していると、

「名前は確か富三郎《とみさぶろう》と言っていました」

「富三郎？　誰の名だ？」

「おきんさんの間夫ですよ」

「どうして、その名を知っているのだ？」

「はい。いつぞや、集金に行ったとき、おきんさんが富三郎さんと呼んだのを玄関先で聞いたのでございます」

「そうか。富三郎か」

剣一郎は名前がわかっただけでも収穫だと思った。

「その他に何か気づいたことはあるか」

「いえ、特には……」

亭主は申し訳なさそうに言った。

「いや、名前がわかっただけで十分だ。礼を言う」

そう言って、剣一郎は酒屋を出た。

富三郎か、と内心で呟いた。この富三郎を見つければ、何かわかる。そう思いながら、剣一郎は再び今戸橋を渡った。

調べれば調べるほど、金兵衛の無理心中という考えに落ち着いていくと思ったが、その一方でなおも釈然《しやくぜん》としないものが残っていた。

やはり、おきんの間夫富三郎を見つけ出さなければ埒《らち》が明かないのだ。

こんなとき、文七《ぶんしち》がいてくれたら何かと助かるのだが、今、文七は酒田《さかた》に旅立っていた。

酒田に、倅《せがれ》の剣之助《けんのすけ》が志乃《しの》といっしょにいるのだ。剣之助は旗本の息子と婚儀の決まっていた志乃と駆け落ちし、ほとぼりの冷めるまで帰って来ないようだった。

その後のふたりの暮らしぶりを、文七に見てきてもらうように頼んだのである。

蔵前通りをさっきと逆に行く。

だいぶ陽が傾いて来た。西陽が右頬に当たる。


剣一郎は馬喰町の長屋にやって来た。

腰高障子を開けると、喜助夫婦が言い合いをしていた。

「おまえさん。また、呑んで来たんだね」

女房のおくめは金切り声を張り上げた。

「うるせえ。てめえが稼いだ金で呑んでどこが悪いんだ。いちいち文句を言うのもたいがいにしやがれ」

喜助が怒鳴る。

「なにさ。じゃあ、誰の稼いだお金でおまんまを食べているると思っているのさ。あたしが内職で稼いだ金じゃないか」

いまにも取っ組み合いの喧嘩になりそうだった。

「よさないか」

剣一郎は割って入った。

「どうしたと言うのだ?」

「あっ、あなたさまは」

ふたりとも、あわてて居住まいをただしてかしこまった。

「いったい。どうしたと言うのだ」

「はい」

喜助はきまり悪そうに、

「ちょっと」

と、言葉を濁した。が、酒臭い息を吐いた。

「このひと。また、手間賃をぜんぶ呑んで来てしまったんです」

おくめが悔《くや》しそうに言った。

「確か、金兵衛には五日間返済を待ってもらったな」

「へい」

「その金で呑んでしまったんですよ。それだけじゃありませんよ。また、入った手間賃まで酒に」

「黙らねえか」

「これが黙っていられますか。これなら、あんとき強欲金兵衛に金をむしりとられたほうがよかった」

おくめはわめいた。

「ちっ」

喜助が舌打ちした。

「喜助、金兵衛を欺《あざむ》いたのか」

剣一郎は叱責《しっせき》するように言う。

「いえ。決して、そういうわけじゃありません。ただ、つい」

喜助が言い訳する。

「つい、酒の誘惑に負けてしまったというわけか」

「まあ」

喜助が頭をかいた。

「あのとき、金を取り立てないと、また酒代に変わってしまうと言っていたが、金兵衛が言っていたのはほんとのことだったのだな」

「ほんとうに、このひとは……」

おくめが涙ぐんだ。

「喜助。金兵衛から借りた金はどうするんだ？」

「どうするって、金兵衛は死んでしまったわけですから」

「金兵衛には弟がいる。その者に返すようになる」

「ええ」

「金兵衛の弔いには行かなかったようだが」

「へえ」

きまり悪そうに、喜助は俯いた。

「よいか。借りた金は必ず返すように」

剣一郎は喜助に言い含め、長屋をあとにした。

やはり、金兵衛の目は正しかった。あのとき、強引に金の返済を迫っていたほうが、喜助のためにもよかったのかもしれない。

金兵衛。自分を変えようとしていたのではなかったのか。妾のおきんと別れ、妻女との仲を取り戻そうとしたのではなかったのか。

それとも、せっかくその気になったものの、それが不可能だと察したのか。しかし、たった一日でそのような結論が出せたとは思えない。

剣一郎の足は浜町堀に向かっていた。

あの二日の夕方、この道を金兵衛と共に歩いたのだ。おそらく、金兵衛には親しい友、心を許したつきあいの出来る者はいなかったのであろう。それを、剣一郎に求めたのだ。

青柳さま、また、話し相手になっていただけますまいか。金兵衛はそう言った。その金兵衛がたった一日で心変わりをして、自ら命を断つような真似をしたとは信じられない。

すっかり、夜になっていた。

家々に明かりが灯り、呑み屋の軒行灯や提灯にも明かりが入っていた。

千鳥橋を渡ってすぐのところに、『おゆき』という呑み屋の軒行灯が見えた。

暖簾を潜《くぐ》ろうとしたが、店は客で立て込んでおり、剣一郎は躊躇《ちゅうちょ》した。女将と話をする時間はとれそうにもないと思い、引き返そうとしたとき、店の横の路地から遊び人ふうの男が出てきた。
二十五、六歳。目元が涼《すず》しく、顎の線は鋭い。引き締まった顔つきの男だ。

男は剣一郎に気づかず、立ち止まって懐から手を出し、広げた。にやりとふてぶてしい笑みを浮かべ、そのまま歩き出した。

この路地は『おゆき』の裏手に出るようだ。

剣一郎は路地に入ってみた。奥に行くと、やはり『おゆき』の勝手口に出た。

金兵衛の言葉を思い出す。『おゆき』の女将には博打好きの年下の亭主がいると言っていた。今の男が亭主だろう。女将よりずいぶん年下のようだ。若い亭主にねだられ、金を渡しているのかもしれない。

渡す金がないときは、女将は金兵衛から金を借りてまで亭主に与えていたのかもしれない。金兵衛は年下の亭主に金をむしりとられていることを見抜いていたようだ。なまじ、渡す金があるからいけないのだという思いから、金兵衛は強引な取り立てをしていたのだ。

喜助のことといい、この女将のことといい、金兵衛の言うことに間違いはなかった。

ひとのために、よかれと思ってやっていることでも、金兵衛がやると、ひとはそうはとらないのだ。

剣一郎は勝手口の戸を開け、中に入った。

「忘れ物でもした……」

女将が途中で言葉を切った。

「あなたさまは」

「すまない。こんなところから」

「は、はい」

女将は戸惑い気味に頷いた。

店先のほうから賑やかな声が聞こえる。

「ちょっと前に出て行ったのは誰だね」

「弟で……」

女将は目を伏せて答えた。

「ほんとうは、ご亭主ではないのか」

女将がはっとしたように顔を上げたが、すぐため息まじりに認めた。

「客の手前、弟と言っていますが、亭主でございます」

「名は？」

「由蔵と言います」

「金を手にしていたようだが、金をとりに来たのか？」

「はい」

「金兵衛は、そなたが借金をした金は、由蔵の手慰みのために使われていると言っていたが、そうなのか」

「いえ、何に使っているかは……」

女将は曖昧《あいまい》に言った。

この女は若い亭主をつなぎ止めるために、ねだられるままに金を渡しているのだ。

「よけいなことかもしれないが、甘やかしておくのはそなたにも由蔵にとってもよくない。よく考えるのだ」

女将は苦しそうに眉をよせた。

「金兵衛が死んだことは知っているな」

「はい」

「だからと言って借金が消えたわけではない」

「はい」

「わかっていればよい。忙しいときに邪魔をした」

剣一郎は勝手口を出た。

若い亭主を持った年上の女の悲哀《ひあい》のようなものが、女将から窺《うかが》えた。

しかし、改めて金兵衛は相手のことをよく知ったうえで金を貸していたのだということがわかった。

金兵衛は変わろうとしていたのだ。やはり、自ら命を断つということは考えられない。月明かりの届かない暗闇から金兵衛が何かを訴えかけているような錯覚《さっかく》がした。

第二章　もうひとりの男

一

二月十日。事件から七日経った。

その日、出仕すると、剣一郎は年番方与力の宇野清左衛門《うのせいざえもん》から呼ばれた。

年番方の部屋に行くと、宇野清左衛門は文机に向かい、気難しい顔で書類に目を通していた。

年番方与力は与力の最古参で有能な者が務めた。奉行所全般の取り締まりから、与力・同心たちの監督などを行ない、奉行所での最高の実力者であった。

南町奉行所には年番方与力はふたりいるが、宇野清左衛門が実質的には南町を仕切っているといってよい。お奉行といえど、宇野清左衛門を頼らねば町奉行としての職をまっとうすることは出来ない。

その宇野清左衛門から剣一郎は絶大なる信頼を得ている。それは、これまでに定町廻り同心だけでは手に負えなかった数々の難事件に対して、特別の命令を受けて立ち向かい、ことごとく解決に導いてきたことの積み重ねによるものだった。

「宇野さま。お呼びでございましょうか」

敷居の手前に腰を下ろし、剣一郎は声をかけた。

「青柳どのか。さあ、ここに参られよ」

書類から顔を上げ、宇野清左衛門は威厳に満ちた厳しい顔を向けた。若い与力や同心たちはこのいかめしい顔に恐れおののいてしまう。見かけと違い、実際はくだけた一面もあるのだが、奉行所ではそういった顔を見せない。

「金貸し金兵衛一家の事件についてだ」

宇野清左衛門が口を開いた。

「あの件は金兵衛による一家皆殺しということのようだが、なかなか事件解決という報告が上がって来ないのだ。そこで、植村京之進と大下半三郎に質《ただ》したところ、青柳どののご不審が解かれるまでは解決とはいかないという返事があった」

「はい。確かに、私には腑《ふ》に落ちない点がございます。だからと言って、金兵衛の仕業でないと言い切れませんが」

「どういうことだな」

剣一郎の答えに、宇野清左衛門は小首を傾げた。

「不審な点を潰《つぶ》していったら、やはり金兵衛の仕業だったという結論に達することもあり得るということでございます」

「さようか」

宇野清左衛門は小さくため息をもらした。

「宇野さま。ひょっとして長谷川《はせがわ》さまから何か」

「じつは、そうなのだ」

剣一郎は予期していたことだ。

長谷川四郎兵衛《しろべえ》は内与力である。つまり、奉行所にずっといる人間ではなく、お奉行の家来で、お奉行が退任すれば奉行所から引き上げて行く。

剣一郎のことを面白く思っていないようで、何かと、剣一郎に難癖《なんくせ》をつけてくるのだ。

「このような世間を騒がせた事件は早く決着させ、人心の不安を取り除いてやらねばならぬとひとりで息巻いておるのだ」

「長谷川さまの仰《おつしや》ることは、ごもっともなことにございます」

「そこでだ、青柳どのの意見を聞きたいと思ったのだ」

「わかりました。ただ、よろしければ、植村京之進、大下半三郎を交え、お話しさせていただければと思いますが」

剣一郎は畳に手をついて頼んだ。

「よかろう」

宇野清左衛門は剣一郎を自分の後継者であると思っているようだった。いつか、剣一郎を年番方与力に抜擢《ばってき》しようという腹積もりのようだ。

買いかぶりだと剣一郎は言いたいのだが、清左衛門はそう決めつけているようだった。

宇野清左衛門は年番方の同心に声をかけ、植村京之進と大下半三郎がまだ町廻りに出ていなかったらここに呼ぶように命じ、同心詰所に行かせた。

やがて、植村京之進と大下半三郎がやって来た。歳は大下半三郎のほうが上だが、ふたりとも南町奉行所でも一、二を争う捕物上手であった。

「来たか。ここへ」

宇野清左衛門は空いている場所にふたりを招じた。

「じつは、来てもらったのは他でもない。金兵衛による一家皆殺しの件だ」

ふたりが座るのを待って、宇野清左衛門は切り出した。

「金兵衛の事件について、青柳どのから話を聞いていたところだ。青柳どのが不審な点があるという。そこで、そのほうたちの意見も聞きたいと思ってな」

宇野清左衛門はまず京之進に顔を向け、

「そのほうの調べた結果を話されよ」

と、促《うなが》した。

はっと、京之進は畏《かしこ》まってから顔を上げ、語りはじめた。

「金兵衛は最近、頭痛に悩まされていて、家にいるときはこめかみに頭痛膏を貼っていたということがわかりました。掛かりつけの医者承安は、頭痛の原因は心労から来るものだろうと診断しておりました。その心労の原因が幾つかありました。まず、家族がばらばらになっていたこと。妻女のおふねと娘のお綱も芝居茶屋通いで、散財をし、金兵衛は怒り狂っていたということです。さらに、最近、婿の貞八が博打で五十両もすったということがわかりました。その上、妾のおきんに間夫がいるということで、金兵衛は気うつになっていたと思われます」

「私のほうの調べでも、妾のおきんのところにたびたび間夫が通っていたことがわかりました」

大下半三郎が京之進の説明を引き取った。

「間夫の名は富三郎。しかし、いまだにこの男の行方《ゆくえ》は摑《つか》めておりませぬ」

剣一郎は黙って聞いていた。

「つまり、そなたたちの調べでは、金兵衛の仕業に間違いないというのであるな」

「はあ」

京之進は剣一郎の顔を見た。

「私に遠慮することはない。正直に思ったままを述べよ」

剣一郎は京之進に言った。

「恐れ入ります。それでは」

と、京之進は宇野清左衛門に向かって、

「確かに、幾つかの点において不審な点はございますが、金兵衛の仕業であることは間違いなかろうかと」

「不審点があることは、そなたたちも認めるのか」

「はい。ただ、その不審点はいちいち説明のつくもののように思えます」

京之進の意見はもっともである。

次に、宇野清左衛門は大下半三郎にきいた。

「そのほうはどうだ?」

「はっ。私も幾つかの不審点がありますが、金兵衛の仕業とみてよろしいかと」

大下半三郎は剣一郎に遠慮がちに答えた。

ようするに、金兵衛には頭に血が上ることが多く、ついに気うつから、あのような大それたことをしでかしたのではないかというのが、京之進や大下半三郎の出した結論である。そのことに異を唱える者はいないと思われる。剣一郎を除いては……。

「うむ。ごくろう」

宇野清左衛門はふたりに声をかけてから、剣一郎に顔を向けた。

「青柳どの。いかがか」

「確かに、金兵衛の気うつによる犯行という可能性が大きいと思います。が、私が今ひとつ腑に落ちないのには……」

剣一郎は京之進や半三郎に話していることを、改めて口にした。

「いくら金兵衛がおかしくなったとはいえ、家族を皆殺しにしたあと、雪道を斧を持って今戸まで歩いて行って、妾まで殺すというのはちと異常過ぎるように思えるのです」

「だが、別に下手人がいたとしても、どうして、あんな大それたことをするのか。よほど、金兵衛一家に恨みを持っているものの仕業ということになるであろう。それだったら、どうして金兵衛も斧で殺さなかったのか。いや、それより、妾まで殺す必要があったろうか」

　宇野清左衛門が京之進と半三郎の代弁をするように疑問を口にした。

「私もその点については、うまく説明出来ませぬ。また」

と、剣一郎は続けた。

「金兵衛の指の爪にはもがいて、首にかかった帯をひっかいた痕跡がありました」

「死ぬつもりだったが、金兵衛は急に怖くなったのかもしれぬ。それほど、問題にするようなことであろうか」

　宇野清左衛門は異を唱えた。

「家族や妾を殺した末に自ら死のうとしたのなら、死ぬ意志は相当強かったはずです。急に怖くなったりするものか」

「さあ、そこもとたちはどう思う?」

　宇野清左衛門は京之進と半三郎にきいた。

　京之進と半三郎は顔を見合わせた。そして、年長のほうの半三郎が答えた。

「確かに、爪に苦痛にもがいた形跡がありました。でも、第三者の手によるものか、急に怖くなったのか、どちらとも言えませぬ。二通りの解釈が成り立つとしか……」

明らかに、剣一郎に遠慮しての発言だった。

「では、次に」

と、剣一郎は先に進んだ。

「婿の貞八が博打で五十両も負けたということも、見過ごしていいものか。それだけ、賭場に出入りをしているということであり、そこで性悪な者たちとも親しくなった可能性も否定出来ません。何らかの形で、今回の事件に絡《から》んでいるということがないか。また、金兵衛は情け容赦なく金の返済を迫っていたようです。そんな金兵衛に恨みを持つ者も少なくなかったはず。それ以外でも、なんらかの事情から、一家に恨みを持つものがあったかもしれない。とはいえ、宇野さまが仰るように、恨みによる犯行だとしたら、金兵衛をも斧で殺すはず。なにも、金兵衛だけ首吊りにする手間をかけるのもおかしい」

剣一郎は自分でも考えを整理するように、

「金兵衛の仕業にしても不可解な点があります。乱心した末の犯行だとしたら、どうして返り血のついた着物を庭に投げたのか。今戸に向かうにあたり、着替えをしたのだろうが、それだけの余裕があることが不思議といえば不思議ではないでしょうか。それに、なぜ、斧を持って行ったのか。もちろん、斧で殺すつもりだったのだというが、なぜ、斧で殺さなければならないのか。重たい思いをして持って行くより、女ひとりを殺すなら、凶器になるものは何でもあったはず。ただ、他に下手人がいるにしても、その説明がつかない。ようするに、あの事件は謎が多過ぎるのです。だから、まだ幕引きを図るには時期尚早《しょうそう》のような気がするのです」

「確かに、言われてみればそうであるが」

宇野清左衛門は困惑した。

「やはり、問題は妾おきんの間夫です」

剣一郎は言う。

「少なくとも、今戸の件では、間夫はあの現場を見ている。仮に、金兵衛の仕業だとしても、間夫から話を聞き、金兵衛の犯行に矛盾《むじゅん》がないかを確かめてからではないと、調べが終わったとは言えないのではないでしょうか」

「ふたりはどう思う？」

宇野清左衛門は京之進と半三郎の顔を交互に見た。

「確かに、青柳さまの仰るとおりにございます。不審な点をそのままにしては真相が掴めぬかもしれませぬ」

京之進が言うと、

「少なくとも、間夫の富三郎を見つけ出さなければならないでしょう」

と、半三郎も言った。

剣一郎はちと困ったと思った。自分の考えに心から同調してくれるならいい。だが、ふたりは、剣一郎への遠慮から今のような発言をしているように思えてならない。

そのことを、宇野清左衛門も気づいているようだった。

「長谷川どのは早くけりをつけろとうるさいが、青柳どのの言うことはもっともだ」

宇野清左衛門は難しい顔で言った。

「しかし、有能なふたりの同心をいつまでもこの件で張り付けておくことは出来ぬ。どうであろうか。ふたりにはこの件から離れてもらい、他の者にやらせようと思うのだが」

「それがよろしかろうと思います」

剣一郎は宇野清左衛門の配慮を感じ取った。

「うむ。さすれば長谷川どのも納得するであろう。じつは、関八州《かんはっしゅう》で荒稼ぎをしていた獄門首《ごくもんくび》の五郎太《ごろうた》という凶暴な男を頭とする盗賊一味が江戸に侵入したという情報が入って、長谷川どのはかりかりしておるのだ。お奉行の面子《めんつ》のためにも、北町や火盗改めに遅れをとりたくないらしいのでな」

やはり、長谷川四郎兵衛が口を差し挟んできたのは、京之進や半三郎をその盗賊一味の探索に当てたいからのようだ。

宇野清左衛門は京之進と半三郎に向かい、

「今後、青柳どのに裏付けをしてもらうが、いちおう、そこもとたちは金兵衛の仕業ということで報告の書類を書き上げてもらおう。それは私が預かっておく」

「わかりました」

ふたりは一礼をし、剣一郎にも会釈《えしゃく》をして、部屋から出て行った。

「宇野さま。お心遣い、ありがとうございました」

剣一郎は礼を言った。

「なんのことでござる？」

宇野清左衛門はとぼけた。

「あのふたりは私に遠慮してはっきり言いませんでしたが、明らかに金兵衛の仕業と信じきっております。このままでは私への気兼《きが》ねから、あの者たちが気詰まりなのは明白。見事なお裁きだったと恐れ入りました」

「いや。ご苦労だが、この件、青柳どのにお任せいたす。で、誰かつけようと思うが、誰が適任か」

宇野清左衛門は考えるしぐさをした。

「それでは、作田新兵衛《さくたしんべえ》の手をお借り出来れば」

「うむ。あの者ならよかろう。承知した。その旨《むね》、伝えておく」

作田新兵衛は隠密《おんみつ》同心である。

隠密廻りは、秘密裏に聞き込みや証拠集めをするのだ。あるときは乞食になって市中を歩き廻り、あるときは香具師《やし》になって盛り場で物を売ったり、またあるときは托《たく》鉢《はっ》僧になって村を廻る。

そういうたいへんな仕事であるが、作田新兵衛はその任務を見事に果たしている男だった。

剣一郎は年番与力部屋を下がると、廊下で見習い与力の坂本時次郎《さかもとときじろう》と出くわした。倅剣之助と同じ時期に見習いになり、親友同士だった。剣一郎の顔を見るたびに剣之助のことを訊《たず》ねたがっていたが、その勇気がなく、逃げるようにすれ違って行くのだ。

もっとも訊ねられても、剣一郎自身、剣之助のことは答えようがなかった。

夕方、剣一郎が帰宅のために門に向かいかけたとき、同心詰所から京之進が飛び出して来た。

「青柳さま。申し訳ありませぬ」

京之進は深々と頭を下げた。

「そなたが気にすることではない。かえって、私に気兼ねして自分の信念を変えることのほうこそ責められるべきもの」

「はあ、痛みいります」

「私は前日に金兵衛と会っていたから不審を抱いたもの。もし、それがなかったら、素直に金兵衛の仕業だと認めたはずだ。それより、獄門首の五郎太一味のことが大事だ。心してかかるように」

恐縮している京之進をねぎらい、剣一郎は門を出て行った。

青痣与力として奉行所内での存在感が高まるに従い、周囲が特別な目で見るようになってきた。

恐縮しながら去って行く京之進の背中を見送りながら、剣一郎は胸に針で刺されるような痛みが走った。

剣一郎に遠慮して、皆が異を唱えることが出来なくなっていくことになったら恐ろしいと思った。

自戒せねばならぬと、剣一郎は自分に言い聞かせた。

二

その日、二月十日の夕方、片づけを終えて、お駒《こま》はたすきを外した。お先にと朋輩《ほうばい》のおふさに言って、お駒は水茶屋を出て、坂道を下った。

坂道を下ったところにある欅《けやき》の樹に近づいたとき、黒い影を見つけて、どきっとしたが、ひと違いだった。乞食らしい男がとぼとぼと去って行った。

欅の樹の下にやって来た。樹陰の暗がりには誰もいなかった。ため息をつき、お駒はそこに佇んだ。

足音がするたびに、お駒は樹陰から通りを覗いた。しかし、足音の主はそのまま素通りして行った。

半刻（一時間）近く待った。だが、源吉《げんきち》は現れなかった。

落胆は大きかった。お駒はきょうもとぼとぼと神谷町《かみやちょう》の裏長屋に帰って来た。

（いったい、どうしたというのかしら、源さんは）

お駒は愛宕山権現《あたごやまごんげん》の門前に軒を連ねる水茶屋で働いている。毎日、愛宕山に上り、丸太組に葦簾《よしずば》張りの構えの店で、湯沸かし釜から湯を汲《く》み、茶をいれて、縁台に腰かけている客に運ぶのだ。

愛宕山権現は参詣客も多く、水茶屋も多い。したがって茶汲み女も大勢いる。その中で、お駒は歳も上だし、器量もそれほどいいほうではなかった。

丸顔で、目も細く、鼻の穴が少し上を向いている。どうして、茶汲み女になれたのか自分でも不思議だったが、もっと不思議なことに、自分のような女にも馴染《なじ》みの客が出来たということだった。

そんな中で、源吉という男がもっとも熱心に通って来た。

痩せているが、背は高い。職人だと言っていたが、引き締まった肩の筋肉などを見ると、力仕事をしている人間のように思えた。

それは今から三月《みつき》ほど前のことだった。

夕方、茶屋から帰るとき、必ず、山の下の欅の樹の陰で待っていた。

「あたしなんか待っていても仕方ないでしょう」

つんとすまして言うと、

「迷惑か」

と、困ったようにきいた。

「ええ、からかうのはたいがいにしてください」

「からかっちゃいねえよ」

「からかってなければ、なあに。安っぽい女だと見ているわけ。それとも、男に縁がなさそうだからって同情しているの」

お駒はぽんぽんと言う。

「おめえが安っぽい女であるわけがねえ」

「じゃあ、同情しているの？」

「なぜ、同情するんだ」

「だって、あたしみたいなお多福《たふく》」

「ばか言うな。おめえがお多福であるはずはねえ。そんな可愛《かわい》い顔して」

「えっ、あたしが可愛いですって。ばかにしないで」

「おい、待てよ」

すり抜けようとするのを、源吉が腕を摑んだ。体は痩せているのに、大きく、たくましい手だった。

「おめえは了見《りようけん》違いをしている」

「何が了見違いなのさ。離して」

振り払おうとするが、強い力に阻《はば》まれた。

「おめえは自分が可愛いのを知らねえんだ」

「ふん、ばかにしないでよ。目が細く、鼻の穴の広がった女のどこが可愛いのさ。そんな見え透《す》いた世辞《せじ》を言う男なんて……」

「そこが了見違いだと言うんだ」

源吉がお駒の言葉を強い口調で遮った。

「目が細いのは切れ長だからだ。切れ長の女の目は色っぽい。鼻の穴が広がっているって。冗談じゃねえ。その切れ長の目と小さく引き締まった口許を見れば、おまえの顔はお高くとまって見える。それを救っているのが、その愛敬《あいきょう》のある鼻じゃねえか。おめえは自分の顔のよさをまったくわかっちゃいねえ」

懸命にまくし立てる源吉がだんだんおかしく思えて、お駒は急に噴《ふ》き出した。

「何がおかしいんだ」

「あんたよ。源吉さんよ」

「なぜだ?」

「あんた、あたしを幾つだと思っているの?」

「聞いたじゃねえか。二十六だ」

「あんたは幾つ？」

「俺は二十四だ」

「あたし、あんたより二つも年上よ」

「それが、どうした？」

「年上の女をからかうもんじゃないわ」

「何べんいったらわかるんだ。俺がいつ、からかった？」

「今だって、そうじゃない。あたし、今まで、そんなこと男のひとに言われたことなんてないわ。そりゃ、くどかれたことはあるわよ。違う。それは、あんたのような言い方じゃなくて、もっと露骨《ろこつ》よ。安っぽい女郎みたいに……」

お駒はそのときの悔しさを蘇らせた。

「お駒、おめえは顔は悪いが、いい体をしている。どうだ、いくらで付き合うだなんて」

「なんだと。どこのどいつだ、そんな下劣《げれつ》なことを言う奴は。ちくしょう。俺がこらしめてやる。誰だ、そいつは？」

源吉がむきになって怒った。

「源吉さん、変なひと」

「変なひと？　俺がか？」

源吉が不思議そうな顔をした。

「そうよ。変よ」

「どうして俺が変なんだ？」

「だって、あたしみたいなものにそんなにむきになって」

お駒はなぜだか急に込み上げてくるものがあった。そして、とうとう堪《こら》えきれなくなった。

「お駒さん。どうしたんだ？　なぜ、泣くんだ？」

「源吉さんのせいよ」

そう言って、お駒は泣き顔を伏せて駆け出した。

源吉が追って来た。お駒が暗がりに身を寄せた。

「お駒さん。すまねえ。おめえを泣かすつもりはなかったんだ。おめえが、そんなにいやがっているなら、俺だって気持ちを抑えたんだが」

「ばか。源吉さんのばか」

「えっ？」

「哀しいんじゃないわ。うれしいのよ。うれし涙よ」

お駒はいうなり源吉の胸に飛び込んだ。

「うれしいのよ」

「お駒さん」

ぎこちない手で、源吉はお駒の背中にまわし、そして静かに力を込めた。

それから、源吉はいつも茶屋が終わるのを待って、いっしょに長屋に帰って来たのだ。

「俺はまっとうになるぜ」

源吉は言い、いつかふたりで店を持つのだと、昼間は古傘買いや古椀買いなどをし、夜は流しの甘酒売りで金を稼いでいた。

ところが、六日前のことだ。暮六つ（午後六時）になり、仕事が終わって、いつもの場所に行ったが、源吉の姿がなかった。

何か急用が出来たのだろうと、そのときは半刻ばかり待ち、それから長屋に帰って源吉が来るのを待ったが、とうとうやって来なかった。

その翌日も同じだった。そして、翌々日も。

ひょっとして病気をして寝込んでいるのではないか。何かの事故に巻き込まれたのではないか。

水茶屋で働いているときも、落ち着かず、いつしか参詣人の中に、源吉の姿を探していた。茶をお客に出す際にも、客への愛想笑いもどこか硬《かた》かった。

お駒は素足に黒塗《くろぬり》下駄を履き、潰し島田に笄《こうがい》と大櫛を挿している。その笄は源吉が近頃買ってくれたものだった。


こうして、最後に源吉と会ってからきょうで九日経ったのだ。

やはり、何かあったのだと思うそばから、源吉は自分に飽《あ》きたのではないだろうか、と思うようになった。気のやさしいひとだから、別れ話を言い出せずに、ひとりで悩み、黙って姿を消すことにしたのではないかとも思った。

いったんそう思うと、そうに違いないような気がしてきた。どうせ、あたしなんか、お多福だからと自嘲《じちょう》気味になりながら涙が流れて来た。

源吉さん。あんたって、そんなひとだったのかえ。あたしを弄《もてあそ》んだだけなの。ねえ、どうなのさ。お駒は目に浮かんだ源吉の顔にきいた。

源吉は哀しそうに首を横に振っている。

『お駒さん。俺がそんな男に見えるか。おめえは了見違いをしているぜ』源吉の口癖だった、「おめえは了見違いをしている」という言葉が蘇って、お駒は切なくなった。

ふと、長火鉢の下に隠してある財布のことを思い出した。急いで、長火鉢をどかして、それを取り出してみる。ちゃんと、五両という金が入っていた。

「これは、これからの仕事の前受け金だ。それに、俺が働いて貯めた金も入っている。おめえに預けておくぜ」

源吉ははっきりそう言ったのだ。

この金を寄越したのは今から九日前。そう、あの大雪の降った前々日だった。

「明日、明後日と、仕事で会えねえ。が、明々後日にはまたいつもの場所で待っている」

そう言ったときの源吉の生き生きとした顔が蘇る。

源吉は私から逃げたんじゃない。何かあったのだと、お駒は思わざるを得なかった。

五つ(午後八時)の鐘《かね》が鳴った。今に、戸が開いて、心配かけてすまなかったと、源吉が顔を出すような気がしたが、風で戸がときたま音を立てるだけだった。

「源さん、どこに行ったの」

覚えず、お駒は呟いた。

この数日間、食事も喉を通らず、頬の肉も落ちたような気がする。このままでは、自分は痩せ衰《おとろ》えて死んでしまうような気さえする。

源吉は、確か、芝源助町《しばげんすけちょう》の日影《ひかげ》長屋と呼ばれる裏店に住んでいると言っていた。

明日、そこに行ってみようと、お駒は決めた。

朝早く行けば、水茶屋の始まる頃までには帰って来られる。あの辺りの長屋を訪ねれば、きっと住まいが見つかるはずだ。まさか、源吉が住まいの場所まで嘘をついているとは思えない。いや、源吉は何一つ嘘などついていないはずだ。

そう思ったとたん、新たな不安が頭をもたげた。

ほんとうに、源吉はひとり者なのだろうか。長屋に行ったら、おかみさんという女がいるんじゃないかしら。おかみさんが病気になったので、出てこられなくなってしまったのではと、またもお駒はあれこれ考えた。

そう思うと、ふとんに入っても寝つけなかったが、ともかく行ってみるしかないと居直り、ようやく瞼《まぶた》が重くなった。


翌朝はよく晴れていた。

朝食を簡単に済ませてから、お駒は長屋を出た。

「あら、お駒さん。早いのね」

井戸端で、大工の女房に声をかけられたのに笑みを返しただけで、お駒は長屋の路地を出て行った。

増上寺《ぞうじょうじ》と愛宕下の大名屋敷の一帯との間の広い道を過ぎ、宇田川町《うだがわちょう》に出て左に曲がって、染井町《そめいちょう》、露月町《ろうげつちょう》を経て、源助町にやって来た。

荒物屋で、日影長屋の場所を聞いた。そこから、すぐ傍で、絵草子屋と雪駄《せった》屋の間の路地に長屋木戸があった。

そこを入って行くと、なるほど路地の奥に、大きな土蔵が建っていて、横にも二階建ての長屋があり、陽光が遮られ、日影になっている。

屋根も傾《かし》いで、板塀も剝《は》がれ、見るからに貧しい棟割《むねわり》長屋だった。ちょうど、手桶《ておけ》を持って出て来た見すぼらしい身形《みなり》の年寄りに、源吉の住まいを訊ねた。

「源吉は隣だが」

と、年寄りは目をぱちくりさせて、

「おまえさん。源吉の知り合いかえ」

と、きいた。

「はい。お駒と申します」

「おめえさんの名なんかきいちゃいないよ」

年寄りは意地悪そうな目で言った。

お駒は曖昧に笑って、源吉の住まいの前に立った。腰高障子の紙が破けていた。なるほど、これでは源吉がここにお駒を呼びたがらないはずだと納得した。

「源吉さん」

お駒は戸を叩いた。

すると、背後から、

「源吉は帰っちゃいねえ」

と、さっきの年寄りが声をかけた。

「どこに行ったのか、わかりませんか」

振り返って、お駒はきいた。

「さあ、知らないね」

年寄りは無愛想《ぶあいそう》に答えた。

そして、ゆっくり戸に近づき、お駒を押し退《の》けるようにして戸の前に立った。戸に手をかけ、こつがあるようにぐっと力を入れて腰高障子を開けた。

「入りな」

天窓からの明かりで、狭い土間と奥にぼんやりと狭い部屋が見えた。

お駒は土間に足を踏み入れた。鼻緒の切れた下駄が脇に転がっている。

部屋の中は明かりが届かず、薄暗い。が、それもすぐに目が馴れてきた。

部屋に上がった。四畳半の三方は壁で、隅《すみ》にふとんが積んであり、その横に柳行李《やなぎごうり》。壁に茶の着物が吊るしてある。

古い煙草盆や湯呑みが着物の下に置いてあった。

お駒は部屋の真ん中にしゃがんだ。ここで、源吉が暮らしていたのだと思うと、切なくなり、やがて胸の底から込み上げてくるものがあった。

「源さん、どこにいるの」

お駒は呼びかけた。が、返事があるはずはない。

すすり泣いていると、いつの間にか年寄りが上がり框に座っていた。

「最近、源吉のところに男がやって来ていたな」

と、呟くように言った。

「どんなひとですか」

「いや。壁越しに話し声を聞いただけだ」

「名前はわかりますか」

「確か、源吉が富三郎さんとか呼んでいるのを耳にしたことがある」

「富三郎？」

　名前を心に留めてから、さらにきいた。

「どんな人相だか、背格好などは見てないのですね」

「一度、ふたりが出て行くのを後ろから見かけただけだ。ふたりとも同じような背格好だったように思える」

　年寄りは偏屈《へんくつ》そうだが、案外と親切なようだった。

「そうそう、思い出したことがある」

「なんでしょうか」

「その富三郎には今戸に女がいるらしい」

「女？」

「そんな話が聞こえて来た。なにしろ、ふたりはわざと声をひそめているので、なかなか聞きづらくてな」

　どうやら、この年寄りは源吉と富三郎の話に聞き耳を立てていたらしい。だが、そのおかげで手掛かりらしきものが手に入った。

　富三郎という名で、今戸に女がいる。その女を訪ねれば、富三郎という男を探し出せるかもしれない。だが、女の名もわからずに、探し出せるだろうか。

いや、やらねばならない。富三郎は、源吉の行方を知っているように思えるのだ。

「おじさん、ありがとう。助かりました」

お駒が礼を言うと、年寄りははにかんだ。

「源吉はいい奴でな。おれのことを、とっつあん、とっつあんといって慕《した》ってくれたんだ。金が入れば、うまいものを持って来てくれたし、酒も呑ませてくれた。いってえ、どこに行っちまったんだ。寂しくてしょうがねえ」

年寄りは嘆くように言った。

「おじさん。私、今戸まで行ってみます。富三郎というひとを探して、源吉さんのことをきいてきます」

「今戸まで遠いな」

年寄りは目をしょぼつかせた。

そうだ。今戸まで遠い。富三郎が今戸近辺に住んでいるのだとしたら、どうして、こんな芝のほうに住んでいる源吉と縁が出来たのだろうか。

ふたりはどこで出会ったのだろうか。

源吉は古傘買いや古椀買いなどをして町を流していた。今戸のほうまで足を伸ばしたのだろうか。

「ねえ、おじさん」

お駒は年寄りに声をかけた。この頃には、だいぶ年寄りに対して打ち解けていた。

「源吉さんは、今戸のほうまで行っていたんでしょうか」

「いや。そんなほうまで行かねえな。行ったとしても、せいぜい神田辺りだ」

「そう……」

「お駒さん。源吉に会ったら、すぐに帰るように言ってくれ。俺が寂しがっていたからと。いいかえ」

「わかりました。おじさんの名前は？」

「俺は六助《ろくすけ》だ」

「六助さんね。わかったわ。じゃあ、六助さん。これから今戸に行ってきます」

「これから」

目を細めてお駒を見て、六助はしっかりなと声をかけた。

三

浜町堀にかかる千鳥橋の脇にある柳の陰の暗がりから、剣一郎は『おゆき』の店先を見ていた。

また職人体《てい》の男が暖簾を潜っていった。早い時間から、店は客で立て込んで来た。『おゆき』の横の路地から人影が現れた。深編笠の内から目を凝らしたが、由蔵ではなかった。

その影は足音もなく近づいて来た。遊び人ふうの格好をした隠密廻り同心の作田新兵衛だった。

「まだ、出てきません」

作田新兵衛は裏口の様子を見て来たのだ。

きょうの昼間、由蔵らしき男が『おゆき』の家の二階にいるのを、新兵衛が確かめてあった。

辺りが薄暗くなってから、剣一郎もここにやって来て、新兵衛といっしょに見張っていたのだ。

「きょうは泊まるつもりなのでしょうか」

新兵衛が顔をしかめた。

「いや。あの男は女将のそばでじっとしているような人間とは思えない。金だけもらえば、あとは用はないはず」

暮六つの鐘が鳴ってからだいぶ経った。

往来にはひとが行き交う。

「あれを」

新兵衛が潜《ひそ》めた声で言う。

路地から痩身《そうしん》の男が出て来た。

「由蔵だ」

剣一郎は呟くように言う。

由蔵は懐手でようようと千鳥橋を渡って行く。また、女将から金をふんだくって来たのだろう。

「よし。つけよう」

由蔵は橋を渡るとすぐに堀沿いに右に折れた。

久松町《ひさまつちょう》を過ぎて、やがて武家地に差しかかった。

どうやら、新大橋《しんおおはし》を渡るつもりのようだ。

「賭場に向かうのでしょうか」

「そうかもしれぬ」

剣一郎が由蔵に目をつけたのは賭場通いをしているからだ。死んだ金兵衛の婿貞八も手慰みをしていた。

もし、同じ賭場で遊んでいたらと考えたのだ。

貞八と由蔵は賭場で親しくなった可能性がある。いや、他にも仲間は出来たかもしれない。

金兵衛一家を惨殺し、金兵衛を首吊りに見せかけて殺した者がいるとしたら、それは由蔵の周辺にいるのではないか。

京之進の探索で、貞八は五十両もすっていたという。

そこで誰かが目をつけたか。しかも『おゆき』がある浜町堀と金兵衛の店のあった横山町三丁目は、さほど離れてはいない。

同じ賭場に通っていたとしても不思議はないのだ。

少し強引だと思いながら、剣一郎はそんなことを考えたのだ。

由蔵は新大橋を渡った。橋を渡ると小名木《おなぎ》川のほうに折れた。途中、岡場所があるが、そこには目もくれず、由蔵は万年《まんねん》橋に向かった。

月影が由蔵の後ろ姿を照らしている。万年橋を渡り、由蔵は隅田《すみだ》川沿いの道を辿《たど》った。

つけられているなどとはまったく思ってもいないようで、一度も後ろを気にすることなく清住町《きよずみちょう》にやって来て、とある一軒家の前に立った。

その家の背後は武家屋敷である。

黒板塀で、いかにも妾宅といった雰囲気の家だ。その家の格子戸を叩くと、ほどなく戸が開いて、女の顔がちらっと見え、由蔵は中に消えた。

「由蔵に女がいたのか」

博打だと思っていたが、実際は女遊びをしていたのだろうか。

「今夜はここに泊まるつもりだろう」

剣一郎は吐息を漏《も》らした。

「青柳さま。あとは私が張ります」

「いや。どうせ、泊まるはずだ。明日出直せばよい」

緊急になんとかしなければならぬ相手かどうか、まだわからないのだった。

「では、しばらく見張って、それから引き上げます」

隠密廻り同心は、ときに中間に化けて武家屋敷に住み込んだりして家に長い間帰らないこともあるのだ。そのため、妻女との仲が気まずくなったことがあったと、新兵衛が語っていたことがあった。

「無理するな」

念を押してから、剣一郎は一足先に引き上げた。

翌日、剣一郎が清住町に行くと、例の家の近くに、新兵衛が来ていた。きょうは小間物屋の格好をしていた。

「さっき、厠の小窓から由蔵が顔を覗かせました」

新兵衛が言う。

「そうか。いるのだな」

剣一郎は深編笠の内から妾宅ふうの家を眺めた。

由蔵に目をつけているのは確たる目算があってのことではなかった。賭場つながりで、死んだ貞八とつきあいがあったのではないかと考え、だとしたら、貞八から金兵衛の家の事情を聞いている可能性があると思ったのだ。

「それから、この家は神田須田町《すだちょう》の炭問屋『佐倉屋《さくらや》』の主人が妾を住まわせているそうです」

「『佐倉屋』か」

手広くやっている店だ。それに、あちこちに家作を持って富裕な家という評判だった。

「だいたい、『佐倉屋』の主人は三日に一度の割りでやって来ているようです」

新兵衛は素早くそこまで調べていた。

「旦那の来ない間に、由蔵が忍んで来るのか」

ふと、剣一郎は金兵衛の妾を思い出した。あの妾も、金兵衛の留守中に富三郎という間夫を引き入れていたのだ。

「よし。ここは私に任せてくれ。そなたは、今戸に行き、富三郎の行方を探してくれないか。どんなに用心深かったとしても、誰かが富三郎を見ているはずだ」

「わかりました」

新兵衛は頷き、荷を背負って千鳥橋を渡って行った。

それからほどなくして、由蔵が格子戸から出て来た。

声をかけようとしたが、由蔵は万年橋と反対の高橋《たかばし》に向かった。てっきり、『おゆき』に帰るものと思っていたので、剣一郎はそのままあとをつけた。

小名木川沿いを足早に歩く。前方かなたに富士が望める。が、今はちらっと眺めただけで、目は鋭く由蔵の背を追っている。

高橋が見えて来て、そこを右に曲がった。

剣一郎が遅れて曲がると、由蔵は霊巌寺《れいがんじ》の前に差しかかっていた。山門前は茶店などで賑わっている。

由蔵は霊巌寺の山門を潜った。

足早になって、剣一郎も山門を入った。境内《けいだい》は人出が多い。由蔵を探すと、本堂の脇を行くのが見えた。

剣一郎は参詣客をかきわけ、本堂の横に行った。

すぐにあとを追った。辺りを見回すと、墓地のほうに由蔵の姿があった。

姿がない。墓参りとは思えない。

墓石の間に由蔵の身体が見え隠れする。剣一郎も由蔵の動きに合わせて移動する。

やがて、由蔵は樹木の繁ったほうに向かった。

そして、ふと立ち止まった。

そこに井戸があり、その傍に、由蔵は立った。

誰かと会うのだと、剣一郎は身をかがめて、遠回りをして、欅の樹の陰に身を隠した。

風が出て来たのか、葉音がしてきた。

やがて、ふたりの男がやって来た。縞の着流しの男に見覚えがあった。金兵衛の家の弔いに来ていた男だ。

由蔵が何事か話している。

背の高い男が懐から何か出し、由蔵に渡した。由蔵は卑屈そうに頭を下げて、それを受け取った。金のようだった。

やがて、ふたりの男は来た道を戻った。

由蔵もその場から離れた。

再び、剣一郎は由蔵のあとをつけた。

今、由蔵をつかまえて問いただしても、ふたりの素性を正直に話すとは限らない。このまま、もう少し泳がせておいたほうがいいと、剣一郎は判断した。

由蔵は清住町の妾宅に入って行った。

今夜も『佐倉屋』の主人が来る予定はないのか、由蔵は妾宅に泊まるつもりのようだ。

剣一郎は新大橋を渡り、元浜町の『おゆき』にやって来た。

店を開けるまで時間があり、店はひっそりとしていた。

戸を開けて土間に入ると、女将は卓を拭いていた。

「あっ、青柳さま」

女将は拭き掃除の手を休めた。

「ちょっと邪魔をする」

剣一郎は断ってから、

「由蔵はどうしている？」

と、素知らぬ振りできいた。

「はい。出かけていて、まだ帰っていません。由蔵に何か」

「いや。なんでもない。ところで、由蔵は金兵衛のことを知っていたか」

「は、はい。金の催促に来た金兵衛さんと顔を合わせたことがございますけど」

「金兵衛の娘婿の貞八という男とはどうだ」

「会ったことはございませんが、賭場で何度か顔を合わせたことがあると言っていました。一度、借金の棒引きを頼んでみるとか言っていたことがあります」

やはり、貞八と由蔵は同じ賭場に通っていたのだ。

「その賭場はどこだか聞いていないか」

「いえ、聞いていません」

「由蔵がつきあっている男を知らないか」

「いえ。そういうことは話してくれませんので」

「由蔵のことをどう思っているんだな」

「どうと仰いますと？」

「博打好きの男に愛想がつきないのか。お店で稼いだ金をむしりとられているだけではないのか」

女将は悲しげに俯いたが、つと顔を上げ、

「でも、あのひとはやさしいんです」

と、抗議するように言った。

「そうか、やさしいのか。やさしい男は他の女にもやさしいと言う。由蔵に他の女がいるようなことはないのか」

「いえ。あのひとには私しかいません。私が支えてやらないと、あのひとはだめになってしまうのです」

女将は目を潤《うる》ませて言った。

他に女がいることなど、まったく疑ってもいないのか。それとも、信じようとしているのか。

「早く、博打をやめさせるのだ。取り返しのつかなくなる前にな」

「はい」

女将はやりきれないような顔をした。

何度もやめさせようとしたがだめだったと、その表情は語っていた。

剣一郎は『おゆき』をあとにした。

千鳥橋を渡る剣一郎の背中に、西陽が射していた。歯がゆいくらいに、いじらしい女だと、『おゆき』の女将のことを思った。

四

同じ日の昼過ぎ、お駒は今戸橋を渡った。

この今戸に、富三郎という男が親しくしている女がいるのだ。今戸に女がいると言っていたが、富三郎が今戸に住んでいるかどうかはわからない。

富三郎の女というだけで、その女を探し出せるとは思えない。何の当てもなく、ここまでやって来たが、どうやって探せばいいのか。

今戸町は隅田川沿いに長く続く町だ。寺も多いが、これだけの町の家々を一軒ずつ訪ねて行くわけにはいかない。

自身番に寄って訊ねるにしても、女の名はわからないのだ。ひとり暮らしの女のことをきいたとしても、それを教えてくれるとは思えない。それに、富三郎が今戸の人間でないのならば、富三郎の名を出してもわかるはずはない。

そう思うと、やみくもにここまでやって来たことが無駄骨に思えた。

それでも、町並みを眺め、行き交うひとに目をやった。万が一、女のところに向かう富三郎という男を見かけることがあるかもしれないのだ。

富三郎は源吉と同じような背格好である。それを頼りに、目を配るが、そんなにうまく見つかるはずはなかった。

いちおう、橋場町の手前まで行ってからまた引き返した。

川岸には瓦《かわら》を積んだ家が多い。この辺りで、瓦を焼いているのだ。瓦職人の姿が見える。しばらく行くと、土人形が並んでいた。この界隈は瓦だけでなく、五重塔や狸《たぬき》、月見兎《うさぎ》などの土人形を焼いている。それらは今戸焼きと呼ばれている。

通りに出ると、その今戸焼きの土人形を売っている店があった。

その可愛らしい土人形に見入られて店先に近づいた。

「いかがですか」

奥から、婆《ばあ》さんが出て来た。

「可愛いわね」

「お土産《みやげ》にいかがですか」

「そうね。一つもらおうかしら。この兎、可愛いわ」

「ありがとうございます」

ふと、お駒は婆さんに訊ねた。

「この辺りには、ひとり暮らしの若い女のひとは多いんですか」

「妾宅が多いですからね」

「妾宅？　お妾さんですか」

「そう。そういう家がかなりありますよ」

「そうですか」

土人形を包んでくれ、代金と引き換えに寄越《よこ》したとき、婆さんはいきなり声を潜めた。

「この間、この近くのお妾さんの家で、たいへんな騒ぎがあったんですよ」

「たいへんな騒ぎ？」

「お妾さんが旦那に殺され、その旦那が首を括《くく》って死んだんですよ。それだけじゃなく、その旦那は本宅のほうでも家族を皆殺しにしていたようです。お役人さんが大勢来ていて、たいへんでした」

「まあ」

お駒は息を吞んだ。

「どうして、そんなことに？」

「よくある話で、そのお妾さんには間夫がいたんですって。旦那が嫉妬して、やったんじゃないかって噂ですよ」

「間夫？」

お駒は富三郎のことが頭を掠《かす》めた。

「その間夫というひとの名前はわかりますか」

「富三郎っていうらしいですよ」

「えっ、富三郎」

捜していた名前がふいに目の前に現れ、お駒は驚いた。

「町方がその富三郎って男を捜して、この辺りを聞きまわっていました」

「で、その富三郎ってひとは、まだ見つからないのですか」

「ええ。おや、おまえさん、顔色が悪いけど、どうかしましたかえ」

「いえ、なんでもありません。じゃあ、これいただいて行きます」

お駒が土人形を手に、店先を離れた。と、そのとき、遊び人ふうの男とぶつかりそうになった。つぶれたような低い鼻の若い男だった。

「すみません」
謝って、お駒は足早に去って行った。が、今の男はなんで、あんなぶつかるような
間近にいたのだ。まるで、話を盗み聞きしていたようにも思えた。
だが、そのことより、富三郎という男の名に衝撃を受けた。まだ胸がどきどきして
いる。
土人形屋の婆さんの話に出てきた富三郎は、源吉に近づいた男に間違いない。とも
かく、お役人に事情を話し、源吉のことを捜してもらおうと思ったとき、お駒ははっ
とした。
源吉も富三郎も姿を消している。ふたりで何かをしたのではないか。源吉が寄越し
た五両の金。あれはどうやって手に入れたものなのか。
役人に告げてはだめだ。そういう声が聞こえた。源吉が何かをしたのだとしたら、
源吉がお縄になってしまうかもしれない。
やはり、自分の力で源吉を探し出すのだ。そう思いながら、お駒は涙が込み上げて
きた。まだ、はっきりしたわけではないが、源吉が法に触れるようなことをしたので
はないかという、疑いが濃くなったのだ。
確かに、富三郎という男は妾殺しの事件に直接は関わっていないようだ。しかし、

役人が行方を捜しているという。何らかの疑いがあるからに違いない。そして、その富三郎が源吉のもとを何度か訪れているのだ。

何かあったに違いない。それはもう確信に近いように思われた。

向こうから小間物屋がやって来た。自分の顔が怖い表情になっていたのか、その小間物屋が怪訝《けげん》そうにこっちの顔を見ていたことに気づいた。

お駒は緊張してすれ違った。

すれ違ったあと、お駒は振り返った。すると、小間物屋も立ち止まってこっちを見ていた。あわてて、お駒は足早に立ち去った。

追ってはこなかった。お駒は深く息を吐いた。

再び、今戸橋を足早に渡った。

浅草山之宿《やまのじゆく》町《ちよう》から花川戸に差しかかり、お駒はやっと足の速度を緩めた。

富三郎は今戸にはもういない。それは間違いないような気がした。町方の役人が捜しているのに、いまだに見つからないのだから。

お駒は蔵前通りまで来たときには足が動かなくなり、向かいからやって来る空駕籠《かご》を拾った。

神谷町までだと駕籠賃もだいぶとられると思い、日本橋までにした。

駕籠に揺られながら、源吉と富三郎のことを考えた。ふたりは、今いっしょのような気がした。

ふたりは何かをしたのではないか。ただ、役人のほうは富三郎の名しか知らないのだ。

駕籠かきの掛け声が規則ただしく聞こえる。めったに駕籠に乗らないので、だんだん足が窮屈《きゅうくつ》になって来た。

ようやく、日本橋の北詰に着いた。

駕籠から下り、お駒はひとでごった返している日本橋を渡った。商家の旦那や内《ない》儀《ぎ》、職人体の男から武士や僧侶。そして、大道芸人たちが行き交う。

大通りの両側には大店《おおだな》が並び、たくさんの客で賑わっていた。

これからどうするべきか。源吉からの連絡を待つしかないのか。

京橋を渡ったとき、六助のところに寄ってみようと思った。六助は年寄りだし、あまり頼りにならないかもしれないが、何かいい考えでも言ってくれるかもしれない。

今戸を出てから、途中駕籠に乗ったものの、一刻半（三時間）ほどかかって、やっと芝源助町にやって来た。夕陽が屋根の向こうに落ちて行こうとしていた。

日影長屋の木戸に入った。継《つ》ぎ接《は》ぎの着物を着た女が赤ん坊を背負って洗濯物を取り込んでいた。

六助の家の腰高障子を叩いた。六助さん、お駒です。中から返事が聞こえたので、戸を開けようとしたが、なかなか開かない。難渋していると、内側から六助が戸を簡単に開けてくれた。

「すみません」

「こつがあるんだよ」

六助はしわくちゃの顔に無邪気《むじゃき》そうな笑みを浮かべた。

「さあ、入っておくれ」

狭い土間に狭い部屋。六助が行灯《あんどん》に灯をいれた。

ぼんやりした明かりが案外と整頓された部屋の中を映し出した。

今戸焼きの火鉢に火がおこって、小さな鉄瓶に湯が沸いていた。

「茶がない。白湯《さゆ》でいいかな」

六助が縁の欠けた茶碗に湯を注いで、お駒の前に出した。

「すみません」

喉がからからなのに、今気づいた。お駒はすぐにそれを手にとった。

「おまえさんはいいひとだ」

お湯を飲み干すと、六助が言った。

「えっ、どうしてですか」

「たいがいのよそ者は、汚いといって口をつけないものだ」

六助は自嘲気味に言う。

「いいえ、おいしかったわ。お代わり、いただけます？　喉が渇《かわ》いちゃって」

「おお、いいとも」

六助はうれしそうに湯を注いだ。

「ところで、源吉のことで何かわかったのか」

お駒が落ち着くのを待って、六助がきいた。

「おじさん」

お駒はつい、そう呼んだ。

「富三郎というひとのことがわかりました」

そう言って、金貸しの金兵衛の事件のことを話し、金兵衛の妾の間夫が富三郎で、今、富三郎を役人が捜していることを話した。

六助はぽかんとして聞いていたが、

「じゃあ、何かえ。富三郎と源吉が何かをやった。それが、金兵衛の無理心中と関わりがあるとでも言うのかえ」

「はっきりとはわかりません。でも、富三郎さんは追われているみたいですし、源吉さんも姿を消したまま」

うむと、六助がしわくちゃの顔をしかめた。

「源吉はそんな悪いことに手を染める男じゃねえ」

「私もそう思います。でも、源吉さん、この前、五両の金を私に寄越したんです」

「なに、五両だと」

六助が目を剥《む》いた。

「そうなんです。源吉さんは決して悪い金じゃないって」

「信じられん」

六助は唸《うな》り声を発し、しばらく呻吟《しんぎん》していたが、

「お駒さんという女が出来て、無理をしやがったな」

と、ため息をついて言った。

頭を殴られたような気がして、お駒が顔をしかめた。

「すみません」

「おまえさんのせいじゃない。源吉の問題だ」

六助は顔を歪《ゆが》めたまま言った。

「おじさん、どうしたらいいでしょう」

つい、おじさんと呼んでいるが、六助は自然に受け止めているようだ。

「そうさな」

六助は腕組みをし、考え込むようにして体を丸めた。小さな体が一回りも小さくなった。いったい、六助は幾つぐらいなのだろうか。

やがて、六助は自分の頭を叩いた。

「この老いぼれ頭はにわかに働かねえ。すまねえ、少し考えさせてくれ。なあに、きっといい考えが浮かぶさ」

六助はそう言ったが、お駒は期待出来ないと思った。

「わかったわ。おじさん、また明日か明後日、ここに来ます」

「うむ。そうしてもらおうか」

お駒は立ち上がった。

下駄をつっかけてから、

「おじさん。白湯おいしかったわ」

と言い、お駒はもうこつを呑み込んでいて、うまく戸を開けて、外に出た。

辺りはすっかり暗くなっていた。

五

その夜、剣一郎の屋敷に、作田新兵衛がやって来た。小間物屋の姿のままだ。

「ごくろうだった。何かわかったか」

部屋で差し向かいになってから、剣一郎はきいた。

「おきんが金兵衛に囲われる前に働いていた入谷《いりや》の『越後《えちご》』という料理屋に行き、おきんの朋輩たちにきいたのですが、富三郎という男に心当たりはないそうです。おそらく、おきんは今戸で暮らすようになってから富三郎と出会ったのではないでしょうか」

「すると、富三郎は今戸周辺で暮らしているか、何かの用で、今戸へしょっちゅうやって来ていたのか」

「ところが、今戸界隈からは富三郎の噂はとんと聞こえて来ません」

「富三郎というのは相当、謎の多い男のようだな」

「はい」

新兵衛はふと口調を変えた。

「じつは、土人形の土産物を売っている店に、二十五、六の女がやって来て、店番の婆さんはきかれるままにおきんの話をしたそうです。そして、間夫の名が富三郎だと知ると、顔色を変えたっていうことです。その女、富三郎を捜しているようなんです」

新兵衛は淡々《たんたん》と話した。

「なるほど。で、その女の手掛かりはないのか」

「はい。ただ、私は二十五、六の女とすれ違いました。その土産物屋から出て来たに違いありません。その女の顔をちらっとだけですが見ています」

「会えばわかるのか」

「わかると思います。婆さんの話では、女は愛宕下のほうからやって来たとか。そんな話をしていたようです」

「なんとか、その女を見つけ出したい」

「明日から、愛宕下周辺を歩き回ってみます」

「いや」

と、剣一郎は新兵衛の言葉を遮った。

「あのあと、由蔵は霊巌寺でふたりの男と会った。そのふたりは、金兵衛の家の弔いに来ていた」

「なんだか匂いますね」

「うむ。だが、まだ由蔵がどんな役割をしていたかわからない。富三郎を捜している女を見つけることもそうだが、由蔵やそのふたりの男のことを調べてもらいたい」

「わかりました」

ひょっとして、あの連中が金兵衛一家を皆殺しにした可能性もあるのだ。そう思ってから、剣一郎はすぐに落胆した。

現場の様子から複数の人間が押し込んだという形跡はないのだ。犯行はひとりだ。そのことに思い至り、再び暗い気持ちになった。

「では」

新兵衛は辞儀《じぎ》をして引き上げようとした。

そこに多恵が酒の仕度をしてやって来た。

「あら、もうお帰りですか」

「申し訳ありませぬ。早く帰ってやらないと」

「そういうことでは、無理にお引き止め出来ませんね」

多恵はにこりと笑い、

「恐れ入ります」

新兵衛は畏《かしこ》まって挨拶して出て行った。

「せっかくだ。いただこう」

剣一郎は立ち上がり、

「こっちに用意をしてもらおう」

と、濡れ縁に出た。

「寒くはございませんか」

「なあに、気持ちよい」

月が朧《おぼろ》に霞《かす》んでいる。

近くに酒膳を置き、多恵が酌をしてくれた。

暗がりに梅の白い花が浮かんでいる。

(金兵衛、そなたは自分を変えると言ったではないか。あれは嘘だったのか。それとも、出来なかったのか)

心の内で、剣一郎は問いかけた。

（青柳さま。私は変わってみせます。信じてください）

金兵衛の声が蘇る。

そうだ。金兵衛は変わろうとしたのだ。そう約束した次の日に、あのようなだいそれた真似をするはずはない。

女房と娘が派手に遊んだのも金兵衛への反発だ。妾が、金兵衛を裏切っていたのも、金兵衛の傲慢《ごうまん》さに対して反抗していたのかもしれない。

そのことに、金兵衛は気づき、生まれ変わることを誓ったのだ。

それとも、それが人間の弱さなのか。

金兵衛、何があったのだ。教えてくれ。

「いかがなさいましたか」

はっと気づくと、空の盃《さかずき》を持ったまま、剣一郎は考え込んでいたようだ。

「金兵衛のことを考えていた」

「悲惨過ぎます」

多恵の耳にもこの事件のことは届いていた。

「金兵衛があんな真似をしたとはどうしても思えないのだ」

「私もそう思います。あんな残酷なこと、ふつうの人間には出来ません」

珍しく、多恵が事件の感想を述べ、怒りに声を震わせた。

「金兵衛どののことは知りませんが、身内を殺すのに斧を使うなどと、そんな恐ろしいことは、いくら憎んでいたとしても出来るはずはありませぬ」

「そなたの言うとおりだ」

そう答えてから、ふと剣一郎は疑問を持った。

なぜ、金兵衛は斧を使ったのか。台所には包丁《ほうちょう》があったのだ。それを使わず、裏の物置小屋まで斧をとりに行った。

それほど憎しみが強かったのか。

違う。金兵衛は妻女や娘、婿の貞八に失望していたが、憎んではいなかった。だったら、なぜ、斧を使ったのか。

いつの間にか、多恵はいなくなっていた。

違う。やはり、金兵衛の仕業ではない。何者かが一家皆殺しを図ったのだ。金兵衛、きっと仇《かたき》をとってやる。

剣一郎は朧月を見つめながら、見えない敵に向かって怒りをぶつけた。

六

愛宕山権現の石段を、長身の男が上がって行く。

境内には葦簾《よしず》張りの水茶屋がたくさんあった。男は最初の水茶屋に入り、茶屋女に声をかけた。

「お駒さんはいるかえ」

いないという返事があると、隣の茶屋でも同じことをきく。そうやって、次々と声をかけて行った。

聞いているのは水茶屋で働いているお駒という名だけだった。源吉と所帯を持つと言い交わした女だが、きのうまでは会うことなど考えてはいなかった。

だが、今戸の様子を見に行かせた久次《ひさじ》が帰って来て妙なことを言っていたのだ。

「富三郎兄い。今戸焼きの土産物屋の前で妙な女がいた」

「なんだ」

久次は、富三郎がときまた小遣いをやったりしていた若い男で、おきんが以前働いていた料理屋の板前だった男だ。

博打に女好きが災《わざわ》いして、店から追い出された。

一度、おきんに小遣いをせびりにきたが、おきんに手厳しく断られ、しょぼしょぼと引き上げて行くのを富三郎は追って行き、袖摺稲荷《そですりいなり》の前で追いついた。いずれ何かの役に立つかもしれないと漠然《ばくぜん》とながら考えて、久次に小遣いを与えたのだ。

おきんの家から逃げて来た富三郎は、向島《むこうじま》の請地《うけち》村の今は廃屋《はいおく》になった百姓家に逃げ込んでいた。

久次が見つけてきてくれたのだ。

「土産物屋の婆さんにきいたら、富三郎というひとを探しているらしいと言っていた。どうだえ、兄い。心当たりはあるかえ」

おきんの間夫は富三郎だということが、もう町方に知れ渡っていた。どうして知れたのか。おきんが他人に喋《しゃべ》るはずない。心当たりがあるのは酒屋の集金がやって来たとき、おきんが富三郎の名を呼んだ。そのことだけだ。

しかし、富三郎を訪ねてやって来る者がいるとは思えない。だが、富三郎は源吉とのやりとりを思い出した。

「俺は仕事がうまくいったら、所帯を持ちたい女がいるのだ」

「いい女か」

「ああ、俺より二つ歳上だが、やさしい女だ。愛宕権現の境内にある水茶屋で働いている」

「なんという名だえ」

「お駒だ」

「お駒さんか、いい名だ」

そんな話をした。ひょっとして、源吉は女に俺のことを話したのかもしれない。そうとしか考えられない。

いなくなった源吉の手掛かりを求めて、お駒が今戸町まで行ったのだ。

「いいのか、このまま放っておいて」

「なあに、心配ないさ」

富三郎はそう言ったものの、お駒という女が町方にあれこれ話すようだと困ると思った。蟻《あり》の穴から堤《つつみ》も崩《くず》れるという。

早いところ、手を打たねばならないと、富三郎は愛宕山までやって来たのだ。

富三郎は何軒目かの水茶屋で、愛らしい顔をした小柄な女に声をかけた。

「ここに、お駒さんはいるかえ」

「お駒さんはあそこに」

若い茶屋女は腰掛けに座っている客に茶を運びに行っている年増の女を指さした。

その女が戻って来た。素足に黒塗下駄を引っかけ、派手な前掛けを締めている。女は富三郎を見て、ふと訝しげな表情をし、次に何かに気づいたように目を見開いた。

その表情は富三郎を恐怖に陥《おとしい》れるに十分だった。俺のことが富三郎とわかったのだ。やはり、この女は生かしておけないと、改めて思った。

富三郎は客の振りをして、縁台に向かった。女が傍にやって来た。

「お駒さんだね」

縁台に座ってから、女にきいた。

「ひょっとして富三郎さんですか」

「そうだ。富三郎だ。じつは、源吉から頼まれてね」

富三郎は源吉と親しい口ぶりで言った。

「えっ、源吉さんから。源吉さん、どこにいるのですか」

「しっ、あまり大きな声を出すな。他人に聞かれると困るんだ」

富三郎が言うと、お駒が顔色を変えた。

「何かあったんですか」

お駒が強張《こわば》った顔できいた。

「たいしたことじゃない」

「元気でいるのですか」

「もちろん達者だ。じつはいろいろな事情があって、源吉はあるところで身を隠している。いや、心配しないでいい」

「いったい、どこに？」

新しい客が入って来た。商家の若旦那ふうの男だ。

「仕事が終わる頃、また来よう」

「向こうの坂道を下ったところに欅の樹が一本立っています。そこへ日暮れに来ていただけますか」

「いいだろう」

お駒が新しい客のほうに行ったので、富三郎は立ち上がった。

そして、すぐにその場から離れた。

富三郎は近くで暇《ひま》を潰し、夕方になって、お駒が示した場所に行った。

程なく、お駒もやって来た。

「教えてください。源吉さんに何があったのですか」

お駒はすがるようにきいた。

「それはまだ言えない。さっきも言ったように、ある事情から身を隠しているのだ」

「やっぱし何かあったのですね」

「そんなに心配するようなことではない。ただ、姿を出せるようになるまで、もうしばらくかかるかもしれない。そのことを伝えに来た。おまえさんがどうしても源吉に会いたいというなら、案内してもいいが」

「お願いします。どこですか」

これほど、真剣に探そうとしているからには、ますます生かしておくわけにはいかなかった。

「向島だ。ただし、誰にも言うな。言えば、源吉が困ったことになる」

「えっ、どういうことですか。源吉さんの身に危険でも及ぶというのですか」

「そうだ」

ひぇっと、お駒が低く叫び、

「明日、連れて行ってください」

「よし。いいだろう。そうだな、明日の夕方の七つ（午後四時）頃、向島の源森《げんもり》橋まで来てくれ。そこから、源吉のところに案内する」

「七つですか」

「ああ、七つだ。その時間だと、明日は源吉のところに泊まらなければならないだろう。そのつもりで来てくれ」

「わかりました」

「いいかえ、決して他人にこのことを話してはだめだ。俺のこともな。くれぐれも、心に留めておいてくれ」

「わかりました」

「じゃあ、明日だ」

人目につかぬように、富三郎はすばやく裾《すそ》を翻《ひるがえ》して走り出した。


去って行く富三郎が暗がりに姿を消すのを待ってから、お駒は静かに欅の樹から離れた。さっきここにやって来たとき、暗がりにいた富三郎が一瞬、源吉に思え、はっとした。

(源吉さん、いったい何をしたの)

お駒は胸を痛めた。

富三郎にはいろいろ確かめたいことがあったが、何もきけなかった。富三郎は、今戸で無理心中で殺された女の間夫なのだ。

そのことと、源吉の失踪とは何か関係があるのだろうか。どこか、暗いものを連想させられる。

ともかく、明日だ。明日になれば、すべてがわかる。

このことを六助に告げておこうか。富三郎は誰にも言うなと言ったが、六助は源吉の味方だ。

六助が他人に漏らすとは思えないが、約束を破ることになる。それに、源吉も知られたくないかもしれない。

迷いながら、結局、お駒は神谷町の長屋に帰った。

ひんやりした部屋に入って火鉢の火をおこす。炭が赤く燃えたのが、微《かす》かな希望の明かりのように思えた。

源吉さん。早く会いたい。思わず口をついて出た。


翌朝、飯を食べ終え、源吉のところに行く支度をした。今夜は源吉のところに泊まることになるのだ。いや、場合によっては、ずっと源吉の傍にいることになるかもしれない。お駒は風呂敷《ふろしき》に着替えを包んでいると、外で聞き覚えのある声がした。

「ここですか。わかりました。すいませんな」

あの声は……。六助ではないか。

お駒はすぐに土間に下り、心張棒を外した。

戸を開けると、見すぼらしい形《なり》の六助が立っていた。

「おじさん、よくここがわかりましたね。さあ、入って」

「あちこちで聞き回ったよ」

土間に足を踏み入れ、六助が言う。

「おじさん、ご飯は？」

「まだだ」

「そう。じゃあ、なにもないけど、今支度するわ」

「すまないね」

舌なめずりをして、六助は遠慮がちに部屋に上がった。

「おつけとお新香だけで十分だ」

「お魚があるわ」

お駒は甲斐甲斐《かいがい》しく支度をした。

「すまないな」

「いいのよ」

ご飯を出すと、六助が貪《むさぼ》るように食べ始めた。

「うまい。こんなうまい飯ははじめてだ」

六助はご飯をお代わりした。

その姿が十年前に亡くなった父親に似ていた。そうだ、六助の傍にいると落ち着くのは、おとっつあんにどこか似ているからだと思った。

「おつけもお代わりあるわ」

「そうかい、すまないな」

六助は空になった椀《わん》を差し出した。

あまり、食事をとっていないのか、六助はよく食べた。

「ああ、うまかった」

六助は言ったあとで、急に俯いた。

「おじさん、どうしたの？」

「おまえさんはなんてやさしいんだ」

「いやだわ。それより、こんなに早く、どうしたの？」

「いや、源吉のことなんだが、どうもいい考えが浮かばなくてな。で、どうだろう、青痣与力のご妻女に相談してみちゃ」

「青痣与力の？」

「知らないのか。今、江戸じゃあ評判の与力だ。弱きを助け、強きをくじく。情にもろくて、男の中の男って評判だ」

「青痣与力の噂なら聞いたことはあるわ」

「その奥方はどんな貧しいものの相談にも乗ってくれるそうだ。一度、行ってみるといい」

「でも……」

誰にも言うなという富三郎の言葉を思い出した。それに、源吉は町方に追われているかもしれないのだ。いくら評判のいい青痣与力にだって、言うことは出来ない。だが、六助は特別だ。

「おじさん。じつはね、富三郎というひとがきのう、私の前に現れたの」

「なんだって、富三郎が……」

六助は訝しげな顔をした。

「ええ、源吉さんからの言づけを持って来てくれたの」

「源吉はどこにいるんだって」

「向島らしいの。事情があって、身を隠しているんですって。だから、青痣与力に話すと、源吉さんにとっては拙《まず》いことになるかもしれないわ」

「そりゃ、源吉の居場所がわかれば、わざわざ言う必要はないさ。で、どうするんだ?」

「きょうの夕方七つに源森橋で富三郎さんと待ち合わせているのよ。源吉さんのところに案内してくれるの」

「ふうん」

唇をとんがらせ、六助は顎に手をやった。

「なんかおかしいと思わないか」

「どうして?」

お駒は問い返した。

「言づけなら、なんでもっと早く寄越さなかったんだ。それに、おまえさんが今戸に行って、富三郎のことを聞いてきたら、すぐに富三郎が現れた。どうも、出来過ぎのような気がするんだが……」

「それは……」

言いかけたが、確かに、六助の言うことももっともなような気がした。源吉がいなくなって何日も経っているのだ。

でも、何があったのかわからないが、源吉はすぐに帰れると思っていたのかもしれない。だが、思った以上に長引きそうなので、言づけを頼んだ。そうは考えられないか。

それに、今戸に行った直後に富三郎が現れたというのも、偶然であろう。

「おじさん、ともかく、私、行ってみるわ。行ってみなきゃ、何がどうなっているのかわからないじゃない」

「そうだな」

六助の深刻そうな顔を見ると不安になるが、お駒は自分自身を奮《ふる》い立たせるように、

「だいじょうぶ。きっと、源吉さんも私に会いたがっていると思うわ。源吉さんに会えば、何がどうなっているかわかるもの」

と、元気よく言った。

「そうだといいんだが」

「心配し過ぎよ。そうそう、きょうは源吉さんのところに泊まってくるわ。場合によっては、しばらく源吉さんのところにいようと思うの」

「しばらくだって」

「ええ」

「わしは……」

「えっ、なに？」

「いや、なんでもない」

「いやだわ。なんでもいいから言って」

お駒も一抹《いちまつ》の不安があるので、六助にだいじょうぶだと言ってもらいたいのだ。

「仕方ないな。どっちにしても、明日には誰か俺のところに使いを寄越してくれないか。心配だからな」

「わかったわ。そうするわね、おじさん」

「うむ。頼んだ」

まだ何か言いたそうだったが、うまい言葉が見つからないのかもどかしそうに六助は帰って行った。

それから、お駒は水茶屋の主人のところに、休ませてもらうように言いに行った。お駒の働く水茶屋の主人は愛宕下に住まいがあった。

あまりいい顔をされなかった。これ以上休んだら首にされるかもしれない。でも、今は源吉のことで頭がいっぱいだった。

いったん長屋に帰り、昼過ぎに風呂敷包を持って長屋を出た。新橋から京橋を渡り、日本橋の大通りを通って本石町《ほんこくちょう》から東に足を向け、馬喰町から浅草御門に差しかかった頃には一刻も歩き詰めで、足が棒のようになってきた。蔵前通りの途中、榧寺《かやでら》境内の茶店で休み、再び向島を目指した。あと僅かな距離だ。

吾妻橋を渡った。妙に生暖かい風が吹きつけた。

橋を渡ってすぐに左に折れる。水戸《みと》家の広大な下屋敷が見えた。その手前に、隅田川から源森川が東に流れている。

そこに源森橋がかかっていた。七つには間があった。

橋の袂近くに腰掛けになる石を見つけ、お駒はそこで休んで、少し疲れがとれてから橋の袂に立った。

かなたに見える山は筑波山だろう。夕陽が落ち、田圃《たんぼ》の水が残照を受けてきらめいていた。

何人ものひとが行き交ったが、富三郎はなかなか現れなかった。

西の空が茜色《あかね》に染まった。

お駒は辺りを歩きまわった。場所が違ったのか。それとも、富三郎が約束を違《たが》えたのか。焦《あせ》りはじめたたとき、足音が近づいて来た。

お駒が顔を向けると、富三郎がゆっくり近寄ってきた。その顔を見た瞬間、冷たい風を浴びたような感覚に襲われた。

が、それは一瞬のことだった。

「源吉のとこに案内しよう」

富三郎が温もりの感じられない声で言った。本能が警戒心を呼び起こした。だが、源吉に会えるという思いのほうが勝り、お駒は黙って富三郎のあとについて、暮れゆく中を歩いて行った。

七

翌日の朝、剣一郎が髪結いに髭《ひげ》を当たってもらっているとき、多恵がやって来て、

「千吉というひとがやって来ていますが」

と、告げた。

すぐに思い出した。浅草田原町で小間物の店を開いている千吉だ。

「客間でまってもらってくれ」

毎日髪結いがやって来て、理髪髭剃《そ》りをしてくれる。これは八丁堀の与力、同心の特権であった。

「お疲れさまにございます」

髪結いが肩の手拭いをはずした。

「ごくろう」

剣一郎は髪結いを労《ねぎら》ってから、客間に急いだ。

客間で、千吉が居心地悪そうに座っていた。

剣一郎の姿を見ると、

「青柳さま」

と、千吉はほっとしたような表情になった。

「千吉か。何かわかったのか」

「はい。じつは、雪の日のことで思い出したことがございまして、うちの奴がすぐに知らせて来いと言うもので」

そう言い、千吉は語り出した。

「あの日、私らは田原町のお店に出ていたのですが、午後になって雪は止むどころかどんどん激しくなって来て、客もなく、早々と店仕舞いをし、夕方前には今戸の家に帰りました。そのとき、おきんさんの家の前を通ったとき、玄関を入って行った羽織姿の男のひとを見かけたんです」

「どんな男だ？」

「それが……」

言いよどんでから、

「ちらっと見かけただけで、確かなことは言えないのですが、今から思うと金兵衛さんだったように思えるんです」

「なに、金兵衛だと」

「いえ、あまり自信はないんですが……。でも、男が入って行ったのはほんとうです」

千吉が言うように、それが金兵衛だったら、横山町の犯行は金兵衛ではないことになる。

「千吉。よく思い出してくれた」

「へえ」

ほめられて、千吉はうれしそうに笑顔を作った。

千吉が引き上げたあと、剣一郎は着流しに編笠をかぶり、もう一度、横山町の金兵衛の家に向かった。

金兵衛の家は戸が固く閉ざされ、家財もなく、がらんとしていた。

今、あの忌《い》まわしい惨劇を引き起こしたのは金兵衛ではないと、剣一郎は確信している。証拠はない。だが、剣一郎は金兵衛を信じた。

あの夜、何者かが侵入し、この家にいた住人を皆殺しにしたのだ。が、金兵衛はここにはいなかったのだ。その男は、その夜、金兵衛が今戸の妾の家に行っていることを知らなかったのかもしれない。

ここで、四人を殺し、金兵衛を追って雪道を今戸まで歩き、妾のおきんを斧で殺し、金兵衛を背後から襲ったのだ。金兵衛の首に兵児帯《へこおび》をかけ、自分も後ろ向きになって背中に金兵衛を背負うように身体を曲げる。地蔵《じぞう》背負いだ。これなら、ひとりで首吊りに見せかけて殺すことも可能だ。

だが、そのあとで鴨居に吊るすのをひとりで行なえただろうか。仲間がいたとみるべきだろうか。

なぜ、一家皆殺しを図ったのか。恨みか。金兵衛にたいしてかなり深い恨みを持っているようだ。

あの夜、雪が降っていたことが不運だった。足跡を雪が消し去ってしまったのだ。

季節外れの大雪が犯人に幸いしたのである。

剣一郎は金兵衛の家をあとにし、元浜町の『おゆき』に向かった。

千鳥橋を渡り、『おゆき』の前にやって来た。

店を開く時間ではないので、戸が閉まっている。

編笠のまま表戸を叩くと、しばらくして女将が出て来た。

「青柳さま」

編笠の内を下から覗き込んで、女将は目を見張った。

「由蔵はいるか」

「いえ。きのうは帰って来ませんでした」

疲れの隠せない表情で、女将は答えた。

「どこに行ったのかわかるか」

「また、賭場に泊まり込んでいるのだと思います」

賭場ではない。女のところだと言おうとしたが、女将のやつれた顔に言い出せなかった。女がいると知ったら、どれほどの衝撃《しょうげき》を受けるか。

「では、また来る」

剣一郎は土間を出た。

浜町河岸から武家地を抜けて新大橋に向かった。橋詰の広小路《ひろこうじ》には床見世《とこみせ》が出て、いろいろな物を売っており、両国広小路に負けないくらいに賑わいを見せている。

新大橋を渡り、万年橋を越えて、住吉町にやって来た。

由蔵を尾行しているのか、新兵衛の姿はなかった。


その日の夕暮れ、八丁堀の屋敷に帰って来ると、門の前に、小柄な年寄りがしゃがみ込んでいた。

「とっつあん、どうしたんだえ。だいじょうぶか」

剣一郎は行き倒れかと思ったのだ。

顔を上げた年寄りは、

「なんでもありやせん。へい、すいやせん」

と、つっけんどんに言った。

「そうか。具合がわるいんだったら少し休んでいくほうがよいぞ。だいじょうぶか」

「へい。ご親切にありがとうございます。でも、どうか、あっしのことはお気になさらずに」

そう言って、年寄りは何気なく編笠の内の顔に目をやった。

「あっ」

いきなり年寄りが叫《さけ》んだ。

「ひょっとして、あなたさまは青痣与力、いえ青柳さまで」

と、あわてて立ち上がった。

左頬の青痣を見たようだ。

「いかにも。とっつあんは私に用があって来たのか」

剣一郎はきいた。

「そうなんです」

「それはすまなかった。さあ、中に入ってくれ」

「いいですかえ」

年寄りは居すくまった。

「いいもなにも、私に用があるんだろう。だったら、こんなところでは話が聞けない。さあ」

「いえ、中はどうも」

年寄りは手を振った。

「遠慮するな」

門内に連れ込み、

「さあ、上がってくれ」

「へえ」

遠慮する年寄りを玄関脇の小部屋に上がらせ、剣一郎は年寄りと差し向かいになった。

「お初にお目にかかりやす。あっしは芝源助町の日影長屋に住む六助ってものでございます」

年寄りは小さくなって名乗った。

「六助か。で、用とは？」

「へえ。じつは、源吉に続いて、お駒さんもいなくなっちまったんです」

六助は唐突《とうとつ》に言った。

「源吉にお駒？」

「へい。源吉はあっしの隣に住んでおり、お駒さんは愛宕権現境内の水茶屋で働いております」

「愛宕権現だと」

剣一郎は新兵衛の言っていた女のことを思い出した。

「そうなんです。そこで客で来ていたのが源吉だそうで。ふたりは言い交わした仲なのですが、十日ほど前から、源吉がいなくなり、昨日、源吉に会いに行ったお駒さんも帰っちゃこなかった」

ちょっと要領を得ないので、剣一郎は口をはさんだ。

「お駒は、どうして源吉の居場所がわかったんだえ」

「へえ。じつは富三郎って男がやって来たらしいんです」

「なに、富三郎？」

剣一郎は覚えず身を乗り出した。

「六助。その富三郎という男のことを詳しく話してくれないか」

「へえ。じつは源吉のところに富三郎がときたまやって来るようになったんです。源吉がいなくなって、お駒さんが探しに来たとき、富三郎の話をしたんです。富三郎には今戸に女がいるらしく……」

間違いない。富三郎というのはおきんの間夫だった男だ。

「で、お駒はどこに呼ばれて行ったのだ？」

「はい。向島の源森橋です」

「よく知らせてくれた。明日、源森橋に行ってみる」

「えっ、ほんとうですか」

信じられないような目をし、六助は何度も頭を下げて引き上げて行った。

剣一郎は部屋に戻って、今の話を思い返した。

源吉という男が姿を消しているのは、あの事件以降だ。富三郎と源吉。このふたりが何かをやったのか。

鴨居から吊る下がった金兵衛の身体の傍に、二つの黒い影が浮かんだ。


翌日。剣一郎は八丁堀から船で、隅田川を上って吾妻橋を過ぎ、水戸家下屋敷の塀沿いを源森川に入り、源森橋を潜ったところで船を下りた。

瓦焼き場が続いている。

剣一郎は瓦を運んでいる男に声をかけた。

「一昨日の夕方、橋の袂に二十五、六の女が佇んでいたと思うが、気づかなかったか」

日焼けしたたくましい男は、

「へい。確かに、女が立ってました」

「その女、その後、どうしたかわからぬか」

「いえ。気がついたら、姿はありませんでした」

「うむ。邪魔した」

剣一郎は橋を渡った。

橋詰に茶屋があった。

剣一郎はその茶屋の亭主に訊ねた。

「一昨日の夕方、二十五、六の女と遊び人ふうの男を見かけなかったか」

「そういえば、遊び人ふうの男のあとに女がくっついて、隅田堤を歩いて行きました。男のほうがなんだかせき立てているようでした」

剣一郎はさらに三囲《みめぐり》神社まで行ったが、この辺りになると船で対岸と行き来する者も多く、境内にある茶屋で訊ねても、覚えている者はいなかった。

第三章　逃亡者

一

愛宕山権現境内にある茶屋に、剣一郎は立った。

愛くるしい顔をした小柄な娘は深編笠をとると、じっと左頬を見つめ、やがて緊張した声できいた。

「青柳さまでしょうか」

剣一郎は頷き、

「お駒が働いていたのはここか」

と、静かにきいた。

「はい。でも、お駒さんは三日前からお休みしています」

他に客がひとりいるだけだった。

「そなたは、お駒とはよく話をしたのか」

「お駒さんには妹のように可愛がってもらいました」

娘はふさと名乗った。

「では、お駒から源吉という名を聞いたことはないか」

「源吉さんですか。ええ、いつも、お駒さんの仕事が終わるのを待っていたひとですね。しばらく、姿を見せないので、お駒さんは元気がありませんでした」

おふさは答えた。

「四日前、お駒を遊び人ふうの男が訪ねて来たと思うが」

「はい。覚えています。最初、私に声をかけてきましたから」

「どんな男だったね」

「背が高くて、のっぺりした顔をしていました」

「お駒は何か言っていたか」

「そのひとと会ったあと、少し上気していました。きっと、源吉さんの消息がわかったのだなと思っていました」

「今度、その男の顔を見ればわかるか」

「はい。わかると思います」

それから、剣一郎は六助の住む源助町に向かった。

きのうは一日、向島界隈《かいわい》を歩いてみた。今、新兵衛は由蔵の見張りについているので、剣一郎はひとりで廻ってみたのだ。だが、お駒の消息は摑めなかった。長命寺《ちょうめいじ》境内の茶屋の亭主が富三郎とお駒らしきふたり連れを見ていたが、その後は消息が不明だった。

僧侶や武士の姿を目に入れながら、増上寺の脇を抜け、愛宕下の武家地から宇田川町に出た。染井町、露月町を経て、源助町にやって来た。

絵草子屋と雪駄屋の間の路地に日影長屋の木戸があった。

路地の奥の土蔵と横手にある二階建ての長屋とに挟まれて、昼でも薄暗い。傾いだ屋根に板塀も剝がれ、貧しい棟割長屋だった。

剣一郎がどぶ板を踏みしめて行くと、ちょうど戸障子を開けて出てきた女がいた。ちょっと驚いたように立ち止まった。

「六助の住まいはどこだね」

編笠をかぶったまま、剣一郎はきいた。

「六助さんとこはそこです」

と、女は斜め向かいの家を指さした。

礼を言い、剣一郎はそこに向かった。

障子の破れた戸を叩いて、中に呼びかけた。

「六助、おるか」

「誰でえ」

中から声がした。

「開けるぞ」

剣一郎が戸を引こうとしたが、どこかにつっかかっているようだった。

やがて、内側に人影が差して、戸が開いた。

「あっ、青柳さま」

あわてて、六助は目をぱちくりさせた。

「邪魔をする」

「どうぞ、どうぞ。こんな汚ねえところですが」

刀を腰から外し、狭い土間に入った。

「で、源吉とお駒さんは？」

「まだ、わからぬ」

「そうですかえ。いったい、どうしちまったんだ」

六助は表情を曇《くも》らせて、

「ひょっとして、ふたりの身に何か」

と、唇を震わせた。

「なんとも言えぬ」

剣一郎はそう答えたあとで、

「それより、お駒から、富三郎のことについて何かきいていないか。思い出してみてくれ」

富三郎がなぜ、お駒を誘い出したのか。いや、富三郎にはお駒をそのままにしておけない何か事情があったとしか思えない。

それは何か。富三郎にとってお駒は危険な存在だったのだ。それは、なぜか。

「特に何も」

六助は記憶をまさぐるように小首を傾げた。

「どんなつまらぬと思うことでもいいのだ」

「すいやせん。なにも」

「謝ることはない」

「ただ」

「ただ、なんだ？」

「いえ、つまらねえことで」

「どんなことでもいいのだ」

「富三郎が待っている場所に行ったとき、樹の横に立っている富三郎を見て、一瞬源吉かと思ったそうです。そういえば、あのふたりは同じような背格好でした」

「同じような背格好か」

ふと、剣一郎は殺された貞八の体つきを思い出した。貞八も長身で痩せていたが、肩が角ばっていた。富三郎、源吉、貞八の三人の体つきは似ているようだ。

そのことが何か手掛かりになるかはわからないが、剣一郎は頭に入れた。

剣一郎は立ち上がり、

「また、何かあったら知らせる。そのときは、そなたの力を借りるかもしれない」

と声をかけ、土間を出た。

富三郎の顔を見ているのは、お駒の朋輩のおふさと六助だけだ。いざというときには、このふたりに助けてもらうようになるかもしれない。

剣一郎は長屋をあとにした。

新橋を渡り、尾張町《おわりちょう》を過ぎ、銀座町《ぎんざちょう》四丁目の手前を左に曲がり、数寄屋橋御門内にある南町奉行所に立ち寄った。

すでに陽は落ちていて、同心詰所に植村京之進が町廻りから帰っていた。

剣一郎は京之進に、獄門首の五郎太一味の探索の首尾をきいた。

「まだ、手掛かりはありませぬ。獄門首の一味がほんとうに江戸に現れたのかどうか。火盗改めのほうは疑問を持ちはじめています」

「しかし、用心に越したことはない」

「はい」

奉行所で、しばらく待ったが、新兵衛は戻って来なかった。

暮六つ（午後六時）になって、剣一郎は引き上げた。


見もせぬひとや花の友知るも知らぬも花の蔭《かげ》……。


その夜、剣一郎は娘の部屋で、るいの奏《かな》でる琴の音に聞き入っていると、多恵がやって来た。

剣一郎は多恵に目顔で、あとにするようにと言った。

せっかく、るいが奏でているのを中断させたくなかったし、剣一郎も聞き入っているところだった。

奏でているのは『桜狩り』。昔の花見の様子が目に浮かんでくるようだった。

弾《ひ》き終えたあと、るいは一礼した。

「るい、また腕を上げたようだな」

「おそれいります。でも、まだまだでございます」

すっかり大人びた物言いで、るいは謙遜《けんそん》した。

再び、多恵がやって来て、

「新兵衛どのがお待ちです」

と、伝えた。

うむと、剣一郎は立ち上がり、

「るい。また聞かせてくれ」

と言い、新兵衛の待っている部屋に行った。

「待たせてすまなかった」

剣一郎は新兵衛の向かいに腰を下ろした。きょうの新兵衛は大店の主人ふうの姿になっていた。

「いえ。琴の音が聞こえておりましたのに無粋《ぶすい》な真似をいたしました」

新兵衛は恐縮したあとで、

「由蔵が出入りをしていた賭場がわかりました。きのう、ようやく深川熊井町《ふかがわくまいちょう》にある『つた家』という料理屋に向かいました」

「料理屋で賭場が開かれていたのか」

「はい。離れの奥座敷で。堅気《かたぎ》の旦那衆も多く、かなり大きな賭場です」

「その賭場の詮議《せんぎ》は後日だ」

「はい。で、きょう、その賭場に客としてもぐり込んで来ました。やはり、その賭場には貞八も顔を出していたそうです」

「やはり、由蔵と貞八は顔見知りだったのだな」

だからと言って、由蔵が金兵衛の家に押し入ったということとは結びつかない。しかし、まったく関わりがないとは言い切れないのだ。

剣一郎の考えを察したように、新兵衛が言った。

「二月三日の大雪の日。由蔵はその賭場で一夜を明かしたようです」

「それは真か」

「はい。夕方から夜明けまでいたそうです」

「そうか」

そうならば、由蔵は金兵衛の事件とは無関係ということになる。

「それから、青柳さまが弔いのときに見かけたという危険な顔をした男は何度かその賭場に現れたようです。ただ、誰もその男の名前は知りませんでした」

「いずれにしろ、由蔵、貞八、その男と、皆その賭場でのつながりがあるというのだな」

「はい。それと、もうひとつ。富三郎という男のことは胴元も客も中盆の男も皆知らないと言っていました。由蔵のことにしても、嘘ではないと思います」

「じつは気になる男がいるのだ」

と、剣一郎は六助という年寄りが訪ねて来たことからお駒と源吉のことを話した。

「では、源吉に続いてお駒までが行方不明に。そこに富三郎が絡《から》んでいるのですね」

「そういうことだ。この源吉が行方不明ということが気になるのだ。姿を消したのが、金兵衛の事件以降だということが」

剣一郎は頭の中を整理するように続けた。

「もうひとつ気になるのが、富三郎と源吉は同じような背格好らしい」

「同じような背格好？」

新兵衛は小首を傾げた。

「そうだ。それから、貞八も同じような体つきだったかもしれない」

剣一郎は金兵衛の家の惨状を思い出していた。

「富三郎、源吉、貞八は三人とも体つきが似ていたとは妙な偶然ですね」

「そうだ。そのことに何か……」

剣一郎の頭の中はまだ漠然としていて、整理がつかなかった。

「いずれにしろ、すべての謎を解く鍵は富三郎が握っているように思える。まず、お駒を探して欲しい。おそらく、向島辺りのどこかに閉じ込められているのかもしれない」

ひょっとしたら、殺されているかもしれないと、剣一郎は思ったが、そのことは口に出来なかった。

ともかく、お駒を探すことが第一だ。お駒、生きていてくれと、剣一郎は祈った。

二

二月十八日の朝。植村京之進は神田須田町にある炭問屋『佐倉屋』に駆けつけた。

京之進が手札を与えている岡っ引きの松助《まつすけ》が近寄って来て、

「旦那。獄門首の仕業ですぜ」

と顔を歪めて言い、奥に案内した。

座敷で、主人の佐倉屋千右衛門《せんえもん》と番頭が死んでいた。

「妻女と倅《せがれ》は一階で、奉公人は二階の部屋で猿ぐつわをかまされ結《ゆ》わかれておりやした。明け方になってやっと縄を解いた手代《てだい》が自身番に駆けつけたってわけです」

松助の説明を聞きながら、京之進は佐倉屋と番頭の傷を見た。佐倉屋は胸を刺され、番頭は刀で袈裟《けさ》斬りにされていた。

京之進はおやっと思った。

「番頭は寝間着だが、佐倉屋は羽織を着たままだな」

「ええ。妻女の話では、佐倉屋はゆうべ遅く帰って来たようです。いつもくぐり戸を開けるのが番頭の役目だったそうです」

「佐倉屋が帰って来るのを待ち構えて、佐倉屋といっしょに屋内に入り込んだようだな」

「へい」

ちくしょうと、京之進は内心でため息をついた。

獄門首の五郎太一味が江戸に侵入した形跡があり、用心していたところだった。まんまと出し抜かれたという忌《い》ま忌ましさが胸を圧迫する。

「で、盗まれたのは？」

「手代の話だと、土蔵にあった八百両がなくなっているそうです」

「妻女たちは今、どこにいる？」

「二階にいます」

よしと、京之進は二階に上がった。

青ざめた顔の四十がらみの女が妻女のようだった。その横に、虚《うつ》ろな目をした二十前後の男。倅か。その他、手代、女中など四名、都合六名が縛られていたことになる。

「ゆうべのことを、もう一度旦那にお話ししな」

松助が手代に言った。

「はい」

丸顔の手代が怯《おび》えた様子で、

「夜中の九つ（午前零時）頃、寝ているところにいきなり刀を鼻先に突きつけられました。それからすぐに猿ぐつわをかまされ、柱に縛りつけられたのです。階下で、何があったのかさっぱりわかりません」

次に妻女に代わって倅が怯えながら話した。

「はい。私も覆面をした男に起こされ、猿ぐつわをかまされてから、おっかさんとふたり、奥の部屋に結わかれました」

それから、一味は佐倉屋と番頭を脅《おど》して土蔵の鍵を出させた。そのあとで、ふたりを斬って殺したのだ。

「賊《ぞく》の特徴を覚えていないか」

京之進はひとりずつ顔を見ていった。

目が合った手代が口を開いた。

「真っ暗な中だったのでよくわかりませんが、二階に上がって来たのは四人で、中に侍がひとりいました。皆、黒い布で顔を隠していました」

手口から獄門首の五郎太に間違いない。

「ゆうべ。佐倉屋はどこに行っていたんだ?」

京之進は妻女と倅の顔を見た。

「たぶん、女のところだと」

「女?」

「うちのひとはどこかに妾を囲っていたに違いありません」

妻女は眦《まなじり》をつり上げた。

亭主が死んだ悲しみより、裏切られていた憎しみのほうが強いようだ。

「どこの女だか、知らないか」

「知りません」

京之進は伜を見た。が、伜も首を横に振った。

「佐倉屋は駕籠《かご》で帰って来たのだろう。佐倉屋を乗せた駕籠屋を当たれ」

「へい」

京之進は松助に命じたが、この近所の駕籠屋ではないだろう。駕籠屋のほうから名乗り出てくれればよいが、そうでなければ、見つけ出すまで時間がかかりそうだ。

しかし、賊は佐倉屋に妾がいて、妾のところに行っても必ず帰って来ることを知っていたのに違いない。

そのことから、何か手がかりが摑めるかもしれない。

奉行所から検死与力がやって来た。

京之進は外に出た。そして、覚えず、深くため息をついた。

つい十数日前、金兵衛一家惨殺の現場に立ち合った。顔面を斧で割られた死体が転がっていた。まさに地獄絵図だった。

『佐倉屋』は殺されたのがふたり。人数は少なくとも悲惨なことには変わりない。

金兵衛は正気の沙汰《さた》ではなかったのだろう。だが、ここは違う。『佐倉屋』のほうは金が目的だった。人間はどうしてこうも残酷なことが出来るのか。

まばゆい陽光を手で遮り、京之進は天を仰《あお》いだ。

松助の子分が町角を曲がり、松助のところにやって来た。

子分から話を聞いた松助が近づいて来た。

「旦那。そこの番太郎がゆうべ町廻りのとき、空駕籠とすれ違ったそうです。提灯の屋号は丸に山。ときたま、見かけるようです。おそらく、小名木川の万年橋北詰にある『山田屋《やまだ》』という駕籠屋だと思います」

「深川か」

おそらく妾宅は深川のどこかにあるのだろう。

「よし。行ってみよう」

京之進がそう言ったのは、向こうから火盗改めの一行がやって来たからだ。火盗改めも、獄門首の五郎太一味捕縛にやっきになっているのだ。

京之進は松助と共に新大橋を渡り、万年橋の袂にやって来た。

釣《つ》り具屋の隣に、『山田屋』があった。店先に駕籠が二丁置いてある。

「ごめんよ」

と、松助が土間に入った。

でっぷり肥った女将が出て来た。

「すまねえが、ゆうべ、須田町の『佐倉屋』まで客を運んだ者がいると思うが」

「ああ、『佐倉屋』の旦那ですね。ええ、おりますよ。権太《ごんた》、助三《すけぞう》」

板敷きの間でたむろしていた駕籠かきに向かって、女将が呼びかけた。

手足の太い若い男がふたり、鉢巻《はちま》きをとってやって来た。

「ゆうべ、『佐倉屋』の旦那をお送りしたね」

女将がきいた。

「へい」

「どこから乗せたんだ？」

松助がきく。

「いえ、いつも、旦那がここに顔を出すんです」

「いつもというと？」

「三日から五日置きぐらいに駕籠に乗っていただいてますよ」

女将が口をはさんだ。

「決まってはいないのか」

京之進がきく。

「はい。決まってはおりませんが、三日後のこともあれば、五日後のこともあります。でも、時間はたいてい四つ半をまわった頃です」

「佐倉屋はどこからやって来るのかわかるか」

「いえ。万年橋を渡って来るようですが」

それ以上のことはわからなかった。

「『佐倉屋』の旦那に何かあったんですかえ」

「押し込みにあって殺された」

松助の言葉に、女将は絶句した。

『山田屋』を出てから、京之進と松助は万年橋を渡った。

ここからそう遠くないところから、佐倉屋は歩いて来たようだ。

橋を渡ったところで迷った。左に行けば、海辺大工町《うみべだいくちょう》。そのまま、隅田川沿いに行けば、清住町。おそらく、その辺りに、佐倉屋の妾宅があるようだ。

すると、さっきの『山田屋』の駕籠かきのひとりが駆けてきた。

「旦那」

「何か、思い出したのか」

京之進はきいた。

「へい。じつは、いつだったか、清住町にある家から『佐倉屋』の旦那が出て来たのを見たことがあります。たぶん、旦那はその家に通っていたんじゃないでしょうか」

二の腕のぶっとい駕籠かきがもみ手をするように話した。

「すまぬ。そこに案内してくれ」

「へい」

その駕籠かきの案内で、京之進と松助は清住町に向かった。

「それから、その家に若い男が出入りしているようでした」

「若い男?」

「きっと妾の間夫ですぜ」

その男が獄門首の一味と何らかの関わりがあるかもしれないと、京之進は思った。

清住町に入り、駕籠かきは足を止めた。

「あそこです」

駕籠かきは二階家を指さした。

「わかった。ごくろう」

駕籠かきを帰してから、京之進はその家に向かった。

松助が格子戸を叩いた。

しばらくして、若い女が出て来た。

同心と岡っ引きを見て、女は目を見張った。下膨《しもぶく》れの愛嬌のある顔だちだ。

「ここは佐倉屋千右衛門の家だな」

京之進はいきなりきいた。

「は、はい」

胸もとに手を当て、女は怯えて頷く。

「ゆうべ、『佐倉屋』に押し込みが入り、千右衛門は殺された」

「えっ」

女は息を呑んだようだった。

「ほんとうでございますか」

「うむ。賊はゆうべ佐倉屋千右衛門がここから引き上げたのを知っていたのだ。そのほう、何か心当たりはあるか」

「とんでもありません。そんな」

「ところで、ここに若い男が出入りをしていたと聞いたが、それはほんとうか」

「いえ。それは……」

女は戸惑いの色を見せた。

「もしかしたら、その者が何か知っているかもしれない。呼んでもらおうか」

京之進は迫った。

「どうした？」

「は、はい」

そのとき、二階で窓を乱暴に開ける音がした。

「二階だ」

京之進は女を突き飛ばし、梯子段《はしごだん》を駆け上がった。

二階の部屋に飛び込むと、窓が開いていた。

窓に駆け寄った。

男が隣家の物干し台からさらに屋根に飛び移った。

「待ちやがれ」

松助が窓から男のあとを追った。

京之進は梯子段を駆け降り、勝手口から外に飛び出た。

隣家の物干し台の下に行った。

「旦那。武家屋敷のほうです」

物干し台から松助の声がした。

京之進は軒下をくぐり、どぶ板を踏み、植木鉢をひっくり返して、路地の奥に見える武家屋敷の塀に向かった。

その塀まで行き着いて、左右の路地を見たが、男の姿はなかった。

「しまった。この屋敷の中に逃げ込まれたか」

松助がやって来た。

「奴は？」

「この塀を乗り越えたらしい」

京之進が答えたとき、屋敷内から騒ぎ声が聞こえた。

屋敷の者に見つかったのだ。

すると、だいぶ先の塀の上に男が現れた。

「あそこだ」

武家屋敷の敷地を塀沿いに移動し、再びよじ登って来たのだ。

男が外に飛び下り、駆け出した。

ふたりは追った。そして、男が消えたほうの路地に曲がった。男は追手の行く手を遮るように手当たり次第に洗濯物の物干しを倒し、植木鉢を蹴り倒し、桶を転がして逃げた。京之進はやがて、仙台堀《せんだいぼり》に出た。だが、男の姿はどこにも見えなかった。

京之進は地団駄《じだんだ》を踏んだ。まさか、逃げるとは思わなかった。そうと知っていれば、裏口まで手配して乗り込んだのだ。

「私の失敗だ」

京之進は大きな失敗をしたように、握りしめた拳《こぶし》を震わせた。

三

その日、剣一郎と新兵衛は向島の隅田川の堤を寺島村《てらじま》、須田村と歩き、隅田村まで行って来た。

各村では名主や組頭などの村役人に事情を話し、協力を求めた。村には五人組制度があり、名主の通達により不審者を見つければすぐに知らせが入るようになる。

その一方で、剣一郎と新兵衛は村を歩き回った。

豪商の別邸が多く、そういった屋敷の物置小屋などにも注意を向けたが、お駒と富三郎の消息は摑めなかった。

さらに堀切《ほりきり》村まで足を伸ばしたが、無駄だった。

その帰りがけ、請地村の名主の家に寄ったとき、色の浅黒い小肥りの女が待っていた。

「青柳さま。この者が、遊び人ふうの男を見かけたと申しておりましたので、お待ちしておりました」

名主は傍らにいた女に、

「さあ、お話し」

と、声をかけた。

百姓の女房らしい女は緊張した様子で語った。

「飛木《とびき》稲荷のお参りの帰り、小粋《こいき》な着流しの若い男が田圃道を西に向かって歩いて行くのを見たんです。村の若者じゃありません」

「いくつぐらいだったね」

「はい。二十三、四歳でしょうか」

富三郎とは年齢が合わない。が、見間違いということもあり得るし、さらにいえば、富三郎には仲間がいたという可能性もある。

「見かけたのは一度だけか」

「いいえ。遠目でしたけど、別の日にも男が西のほうに向かったのを見かけたことがあります」

「女を見たことはないか」

「いえ。女のひとは見ていません」

「そうか。参考になった」

名主の家を出てから、剣一郎と新兵衛は飛木稲荷に向かった。

その境内に大きな銀杏《いちょう》の樹が天を突くように立っている。

すでに辺りは暗くなっていた。

「明日だ」

若い男が歩いて行ったと思われるほうを見て、剣一郎は言った。

剣一郎が『佐倉屋』の押し込みの件を知ったのは、船で向島から八丁堀に帰ってからだった。

その夜、剣一郎は屋敷に、植村京之進を呼んだ。

「『佐倉屋』に押し入ったのは獄門首の五郎太一味に間違いないのか」

「はい。火盗改めもそう断定しておりました」

「で、手掛かりは？」

「はい。妾の家から佐倉屋が帰って来るのを待ちぶせて押し入ったということだったので、深川清住町にある妾の家に行ってみました。そこで、失態を演じてしまいました」

「失態？」

剣一郎は訝しく京之進を見た。

「あの妾には間夫がおりました。その間夫から話を聞こうとして逃げられてしまったのです」

「間夫は由蔵という男だ」

「えっ。ご存じなのですか」

「由蔵は、金兵衛の娘婿の貞八と賭場で顔を合わせているのだ。それだけでない。由蔵は、怪しいふたり連れとつながりがあった。今から思えば、あのふたりは獄門首の一味だったのだ」

剣一郎は悔やんだ。

「もっと注意深く、訪ねれば、このようなことにはならなかったのです。申し訳ございません」

京之進が頭を下げたのを、

「いや。そのほうの責任ではない。これはやむを得なかった。まさか、由蔵があの押し込みに加担しているなどとは思いもしない」

剣一郎は京之進をなだめた。

「それに、注意が足らなかったとしたら、私のほうだ。まさか、あのふたりの男が獄門首の一味だとは想像もしなかった。金兵衛の家族の弔いのときにも来ていたので、獄門首の一味だと考えすらしなかった」

それと、後悔すべきは京之進にこちらの探索の状況を知らせていなかったということだ。もし、由蔵のことを耳に入れていたら、京之進の対応も違ったものになっただろう。

由蔵があやしい二人連れと密かに会っていたことを知っていれば、『佐倉屋』に押し込みが入ったと聞いたとき、とっさにそのふたりを思い浮かべたかもしれないのだ。

「すんでしまったことはとやかく言っても仕方ない。それに、これで、由蔵が押し込みに絡んでいたことが明白になった。それこそ手柄というもの。まずは、由蔵を見つけることだ」

「はい。では、清住町の妾の家と元浜町の『おゆき』を見張らせます。奴は必ずやって来る。そう睨《にら》んでいます」

気を取り直したように、京之進は力強く応じた。

「よし。結構だ」

獄門首の一味は江戸者ではない。江戸の人間の由蔵とは何らかの縁で結びついただけだ。由蔵にとっては、女のほうにはまだ未練があるはず。剣一郎はそう思った。

「ところで、青柳さま」

京之進が負い目を感じたように、

「金兵衛の件は、富三郎の仕業である可能性が出て来たのでしょうか」

と、遠慮がちな声できいた。

「うむ。少なくとも、金兵衛の仕業ではない。金兵衛は自殺に見せかけられて殺されたのだ」

「まさか、そのようなことだろうとは……」

京之進の目は虚《うつ》ろになっていた。

「富三郎の仕業かどうかはわからない。富三郎には金兵衛の妻女や娘、それに婿の貞八までを殺さねばならない動機はない。が、富三郎は何らかの形で事件に関わっていると思われる」

どういう形で関わっているのか。

「ともかく、金兵衛の件はもう少し、私と新兵衛とで調べてみる。そなたは、引き続き獄門首の一味の探索に精を出すように」

「はっ。かしこまりました」

形をなさないまでも、黒っぽい何かが煙《けむり》のようにぼんやり目の前に浮かんでいた。やがて、それはひとの形になりつつあったが、突然消えた。

あと一歩だと、剣一郎は自分を奮い立たせた。

四

翌日。厚い雲が上空をおおいはじめ、まだ昼前なのに夕方のように辺りが薄暗くなった頃、笠をかぶり、破れた墨衣《すみごろも》を身につけた托鉢僧が、神田須田町の炭問屋『佐倉屋』の前に差しかかった。

托鉢僧はその前に立ち止まると、その家に向かって、念仏のようなものを唱えはじめた。背の高い怒り肩の僧である。

この托鉢僧、じつは富三郎の扮装した姿だった。

ここに押し込みが入ったという。読売には獄門首の五郎太一味らしいと書かれていた。

たまたま押し込みの噂を耳にした久次が読売を持って知らせてくれたのだ。ほんとうに、獄門首の一味の仕業か、富三郎は見に来たのだ。

奉公人などが猿ぐつわをかまされ、後ろ手に柱に縛られていたということだけでは、獄門首一味の仕業かどうかはわからない。

だが、夜中に帰って来た主人が家に入るのと同時に押し入っていることや、一味の中に侍がいたということからも、まずは獄門首の一味の仕業とみて間違いないだろう。

とうに江戸を離れたと思っていたが、まだ江戸にいたのかと、富三郎はでたらめな経を唱えながら顔を歪めた。

『佐倉屋』から岡っ引きが出て来たので、富三郎は静かにその場から離れた。岡っ引きがこっちを見ていることに気づいた。

富三郎はそのまま去って行く。

ふたりを殺して八百両を盗んだという。相変わらず手荒い仕事振りだ。

奴ら、いつまで江戸にいるつもりなのか。一仕事を終え、ある程度の金を手に入れたのだ。もう、江戸に用はないはずだ。

あとしばらくの辛抱《しんぼう》だと、富三郎は思った。

富三郎は柳原《やなぎわら》通りに出て、郡代《ぐんだい》屋敷の横から両国広小路に向かった。雨雲がますます広がって来た。

富三郎が獄門首の五郎太の子分、猫目《ねこめ》の弥助《やすけ》を見かけたのは、深川にある『つた家』という料理屋の奥座敷で開かれている賭場でだった。

生来の博打好きから、賭場に足を踏み入れたのが失敗だった。

賭場に通いはじめて半年後。何度か口をきいたことのある由蔵が庭で男とひそかに会っていた。その男を見たとき、全身が総毛立った。猫目の弥助だったのだ。

ついに見つかったという絶望感に襲われた。

弥助が江戸に出て来た理由は決まっている。俺を捜しに来たのに違いないと、富三郎は思った。

そして、賭場から引き上げ、横山町の家に入ろうとしてふと後ろを見たとき、弥助がさっと姿を隠したのがわかった。

翌日から弥助が姿を現すことはなかった。弥助はおかしらに知らせに戻ったのだと、富三郎は思った。

おかしらが一味を引き連れ、江戸にやって来るまで十日とみた。その間に、逃れる手段をとらねばならなかったのだ。

富三郎は両国広小路を突っ切り、両国橋に向かった。ちょうど、朝市の青物市場が終わり、掛け小屋などを掛けはじめていた。

その脇を通り、人込みを抜けて、富三郎は両国橋に差しかかった。

橋を往来する者は多い。供を連れた大店の旦那ふうの男や黒紋付《くろもんつき》の武士から職人、芸人、町娘にあだっぽい女たち。

皆、いまにも降り出しそうな空に、足も早い。

橋番屋の前を行き過ぎようとしたとき、手拭いを吉原被《よしわらかぶ》りにした細見《さいけん》売りの男が辺りをきょりきょろ見まわしながら橋を渡って来た。その男がこっちに顔を向けているような気がして、俯き加減にすれ違った。

人込みに紛れ、橋を渡ると、富三郎はすぐに左に折れ、藤堂《とうどう》家の下屋敷の脇をまわる。そして、そのまま隅田川の土手を北に向かった。

幕府御竹蔵《おたけぐら》の船入りにかかる小さな橋を越え、やがて石原町《いしわらちょう》で東に曲がり、武家地を突っ切って横《よこ》川に出ると、今度は横川に沿って北に向かった。

そのときになって、あとをつけて来る男に気づいた。手拭いを吉原被りにした男だ。やはり、両国橋でじろじろ顔を見ていたが、あのときの男に違いない。

獄門首の五郎太の一味の誰かかもしれないと思い、富三郎は緊張した。

業平橋《なりひら》を渡りながら目の端に尾行者の姿をとらえる。

おやっと富三郎は眉をひそめた。あの男は……。記憶をたぐった。そうだ、賭場で何度も顔を合わせたことのある由蔵という男だ。元浜町にある『おゆき』という呑み屋の亭主だ。

拙《まず》いと、富三郎は舌打ちした。

あの男は俺の顔を確かめようとしているのだ。ようし、こうなったら容赦はしねえ、と富三郎は不敵な笑みを浮かべ、押上村《おしあげ》に入り、春慶寺《しゅんけいじ》の裏手にまわった。

鬱蒼《うっそう》としていて、人気のない場所だ。

由蔵はのこのこついて来た。

富三郎は銀杏の樹の陰に隠れた。由蔵がきょろきょろしながらやって来た。

銀杏の樹の前を行き過ぎてから、富三郎は飛び出した。

「由蔵。久しぶりだな」

不意をつかれて、由蔵は飛び退《の》いた。

「やっぱし、おまえさんだったのか」

由蔵は目を見張った。

「ああ」

「驚いたぜ」

「まさか、てめえに見つかるとは思ってもいなかったぜ」

「俺はひとに喋らねえ」

「そんなこと、信じられると思うか」

富三郎は匕首《あいくち》を抜いた。

「やっ。何をしやがるんだ」

由蔵は身構えた。

「俺のことを知られたからにゃ、生かしちゃおけねえんだ」

「俺を殺《や》ったら、獄門首のおかしらにおまえのことがわかってしまうぜ」

後ずさりながら、由蔵が言う。

「おや、獄門首の五郎太を知っているのか」

富三郎はちょっと怯《ひる》んだ。

「聞いたぜ。おめえがおかしらの女にちょっかいを出して殺したこともな。弥助という男はおめえを探しに江戸にやって来たのだ」

由蔵は逃げ出そうと様子を窺っているようだった。

「俺を殺ったら、おまえだっておしめえだ」

また、由蔵は同じことを言った。

「まさか、俺が殺ったとは思うまい」

覚悟しやがれと、富三郎は由蔵に襲いかかった。

富三郎とて、匕首《あいくち》の富《とみ》と呼ばれた男だ。由蔵のようなちんぴらを殺ることは造作《ぞうさ》もなかった。

逃げようとする由蔵の背中に、富三郎は匕首を突き刺した。ぐえエっと奇妙な唸《うな》り声を発して由蔵はつんのめった。

その上にのしかかって、富三郎は匕首を首に突き刺した。

由蔵がぐったりしたのを確かめてから、富三郎は立ち上がり、急いでその場から離れた。

無意識のうちに腹に手を当て、富三郎は業平橋まで戻り、小梅村に足を向けた。

そのときになって雨が降り出した。

右手に飛木稲荷の銀杏の大樹がそびえている。途中、川の水で返り血を洗い流し、川をまわって、富三郎は請地村にやって来た。

その村外れにひとの住まなくなった百姓家があった。この廃屋を、富三郎は隠れ家にしていた。

がたぴしなる戸を開けて、中に入った。

昼間でも雨戸は閉めっきりなので、部屋の中は薄暗い。

すると、奥の座敷から物音がした。女が足をばたつかせているのだ。

ちっと舌打ちして、富三郎は濡れた着物を脱いで、手拭いで身体を拭いた。そして、替えの着物に着替えて、奥座敷に向かった。

以前は仏間だったところだ。その部屋の柱に、お駒を猿ぐつわをかませて後ろ手に縛りつけてあった。

富三郎が顔を向けると、お駒は恨みのこもった目で睨み付けている。

「おい。お駒さんよ。まだ、気持ちが変わらないのかえ。源吉のことなど忘れて、俺の女になれば、ぜいたくをさせてやるぜ」

富三郎が猿ぐつわをはずすと、

「人でなし」

と、お駒が叫んだ。

「ちっ。まだ、わからねえのか」

富三郎は口許を歪めた。

「源吉さんはどこにいるんですか」

「何度も言わすな。奴は安らかに眠っている。心配することはない。ちゃんとした墓だ」

富三郎は冷たく言い、

「いずれ、俺を探している奴も江戸を離れる。そしたら、俺には怖いものはなくなるんだ。俺といれば、いい思いが出来るのだ」

富三郎が説くように言いながら、縄を解いてやる。

自由になった手で、お駒は身体をさすった。

「お駒」

お駒の顎を手で摑むと、お駒は顔をしかめた。

「血の匂いでもするか」

富三郎は苦笑し、お駒の顔をなめまわした。

「いや」

お駒は暴れた。

富三郎はお駒の頰に平手打ちを加えた。

悲鳴を上げて、お駒はぐったりした。

お駒は器量がいいというわけではないが、愛嬌のある顔をしていて、どこか男心をそそるものがあった。

「時間をかけてでも、おめえを俺のものにするぜ」

舌なめずりするように、富三郎は言う。

最初は殺すつもりだったが、気持ちが変わったのだ。

傍の器に飯がだいぶ残っていた。

「食べねえと、死んじまうぜ」

「構いません」

ちっと舌打ちをし、富三郎は立ち上がった。お駒は逆らうように食べ物を満足にとろうとしないのだ。

縄で縛るのは、出かけるときだけだから、お駒をそのままにし、富三郎は徳利《とっくり》を持って、いろり端にあぐらをかいた。

「お駒。こっちに来て酌をしろ」

だが、お駒は泣いているだけで返事をしない。

ふんと顔を歪め、富三郎は縁の欠けた碗に酒を注いで呑みはじめた。

由蔵と獄門首のおかしらがくっついていたとは思ってもいなかった。だが、由蔵を仕留めたし、俺の仕業だとは思われないはずだと、富三郎は絶対の自信を持った。

戸ががたぴしなった。

久次が帰って来たのだった。

「兄い。帰っていたんですかえ」

「ああ」

久次は食べ物を仕入れて来たのだ。

「お駒さん。鰻《うなぎ》を買って来た。食わねえか」

久次はお駒に声をかけた。

「さあ、こっちに来なせえ」

久次の言葉に、お駒は素直にいろり端にやって来た。

「さあ、食べなせえ」

久次は甲斐甲斐しい。それもお駒が富三郎の情婦になると思っているからだ。

この女、久次の言うことなら聞きやがるのかと忌ま忌ましくなった。

「兄い。どうでした。やっぱし、獄門首の仕業で？」

「間違いない。手口は同じだ」

「まだ、江戸でやるんでしょうか」

「いや。江戸にやって来たのは、俺がいたからだ。あの押し込みも行きがけの駄賃《だちん》。そろそろ江戸を離れるはずだ」

富三郎はそうに違いないと思っている。

「あの連中さえいなくなれば、もう怖いものはない。あとは、どこかで店を持つ。そしたら、久次。おめえは番頭だ」

「ありがてえ、兄き」

久次は顔をほころばせた。

「お駒。おめえもいつまでも意地をはらねえで、俺の言うことを聞くんだ。源吉とでは味わえないいい思いをさせてやるぜ」

富三郎は含み笑いをした。

お駒は冷たい表情を向けただけだった。

ちっ、面白くねえと、富三郎が酒を呷《あお》った。

酒を呑みながら、ふと由蔵のことを考えた。

今頃、由蔵の死体は発見されているかもしれない。だが、俺と奴とのつながりが見つかるはずはない。

第一、由蔵が知っている貞八は死んだことになっており、由蔵と富三郎とはまったく縁がないのだ。

貞八と富三郎が同じ人物だと思う者は誰もいないのだ。そのことには絶対の自信を持っている。

ひとを殺したという負い目などなく、富三郎は満ち足りた思いで酒を呷った。ふと気づくと、富三郎はまたも自分の腹をさすっていた。

五

その日の夕方、剣一郎は押上村の春慶寺の裏手に駆けつけた。

きのうに引き続き、飛木稲荷から若い男が歩いて行った方角に向かって、探索を進めていたが、村役人から春慶寺の裏手で死体が見つかったと聞いて、駆けつけたのだ。

先に、駆けつけていた新兵衛が近寄って来て、

「細見売りの格好をしていますが、由蔵に間違いないと思います」

と、無念そうに言った。

新兵衛とは請地村で別々に歩き回っていたのだ。死体が見つかったという噂を耳にして、ここにやって来たのだと話し、

「脾腹《ひばら》と首を匕首で刺されていました」

と、死体に目をやって言った。

剣一郎が死体の傍に近づくと、死体を検《あらた》めていた京之進が立ち上がって迎えた。

「まさか、こんなことになろうとは」

京之進は自分の失敗を悔いているようだった。

「そなたの責任ではない」

剣一郎は京之進をなだめてから、

「細見売りの姿なのは、やはり、女房か情婦に会いに行こうとしていたのかな」

と、死体を見つめながら言った。

「両国橋の橋番屋の番人が、たまたま細見売りが踵《きびす》を返してすれ違った托鉢僧のあとをつけて行くのを見ていたそうです」

岡っ引きの松助が、橋番屋でその話を聞きつけて来たらしい。

「両国橋を渡ったというのは、元浜町の『おゆき』のところに行くつもりだったのではないでしょうか」

京之進はそう言ったあとで、

「その途中で、托鉢僧とすれ違った。その托鉢僧は誰かに似ていたので、あとをつけたとは考えられないでしょうか」

と、付け加えた。

「それで辻褄《つじつま》は合いそうだ。だが、その托鉢僧は何者だろう」

「獄門首の一味では？」

「うむ」

「一味の者はここまで由蔵を誘《おび》き出して殺したのです。由蔵を利用するだけ利用して、邪魔になって殺したに違いありません」

京之進は少し焦《あせ》っているように思えた。己の失態から由蔵をこんな目に遭《あ》わせてしまったという思いが、気持ちを先走らせているのかもしれない。

「目をつけられた由蔵は、獄門首の一味にとってはやっかいな存在になったとも考えられます」

新兵衛も同じような意見を述べた。

その考えが妥当だと思うものの、剣一郎は腑に落ちないことがあった。

あの日、京之進たちに追われた由蔵はどこへ逃げたのだろうか。獄門首の仲間の隠れ家に逃げ込んだのだとしたら、なぜ、一味はそのとき、殺さなかったのか。

それに、由蔵が捕まったら、獄門首一味にどんな痛手があるのか。隠れ家を喋られるからか。しかし、由蔵はほんとうに一味の隠れ家に逃げ込んだのだろうか。獄門首の五郎太はそう簡単に子分に引き入れるだろうか。

一度、霊巌寺の墓地で、由蔵はふたりの男と会って何か告げていた。もし、隠れ家を知っているなら、なにもあのような場所で会うことはない。

つまり、獄門首一味にとって、由蔵はそんなに危険な人物ではなかったのではないか。もし、危険な存在であれば、とうに始末していたのではないか。

そこに、岡っ引きの松助の子分に連れられて、『おゆき』の女将がやって来た。

血の気を失った顔で、死体に駆け寄った。

京之進が筵《むしろ》をめくった。

いきなり、女将は死体に取りすがって泣き出した。

「亭主の由蔵に間違いないんだな」

京之進が確かめた。

「はい。由蔵です」

女将は声を震わせた。

「由蔵がこんな格好をしていたのに心当たりはあるか」

「はい」

「なに、ある？」

京之進は驚いた。

「どういうわけだ？」

「由蔵は私の兄のところに隠れていたのです」

「兄のところ？」

「はい。本所《ほんじょ》一ツ目で、荒物屋をやっています。きのう、兄がやって来て、由蔵が何者かに追われていると言って駆け込んで来たと言いました。何をやったか知らないが、昼の九つ（午後零時）にこっそり会いに行くから薬研《やげん》堀まで出て来てくれとのことだったと言いに来たのです」

「で、由蔵は来たのか」

「いえ、来ません」

「すると、薬研堀に向かうところだったのか。薬研堀に向かわず、途中で托鉢僧のあとを追ったんだとしたら、そうとう重要な人物だったようですね」

京之進は疑問を口にした。

剣一郎は鬱蒼とした周囲を見まわした。ここに誘き出されたのは間違いない。

「違う」

剣一郎の呟きに、京之進が顔を向けた。

「獄門首一味にやられたとは考えにくい」

「えっ」

「だとすれば、何者が……」

剣一郎は独り言のように呟いた。

何か肝心な点を見失っている。剣一郎はそう思った。獄門首一味以外に誰かいるのだ。何か見落としている。

周辺の聞き込みに走りまわっていた松助の子分が戻って来た。

「きょうの昼過ぎ、托鉢僧のあとから細見売りふうの男が業平橋を渡って行くのを辻番屋の番人が見ていました」

「やはり、ずっとつけて行ったのだ」

顔見知りで、ふたり並んでここまでやって来たのではない。その托鉢僧はつけられていることを知っていて、由蔵をここまで引っ張って来て殺したのだ。

托鉢僧は何者なのか。やはり、獄門首一味とは考えられない。

「由蔵がどういう人間とつきあっていたか知らないか」

剣一郎は『おゆき』の女将にきいた。

「あのひとは何も話してくれませんでした」

悲しげな顔で女将は答えた。

「清住町に女がいた。そのことを知っているか」

「やはり、そうでしたか」

きっとした顔で、おゆきは続けた。

「由蔵に女がいることは気づいていました。でも、どこの誰かは知りませんでした」

「由蔵と親しい男はいなかったか」

「さあ」

「由蔵の口から男の名前が出たことはないか」

「いえ」

おゆきは首を振ったあと、あっと思い出したように、

「そういえば、貞八が死んだと独り言を口にしていたことがあります」

「貞八が死んだ？」

剣一郎は頭の中をめまぐるしく回転させた。

「それを口にしたのはいつ頃のことだ?」

「半月ほど前かと」

「半月ほど前か」

金兵衛一家が惨殺されたあとだ。

貞八とは、金兵衛の娘婿の貞八に違いない。

ふたりは深川の『つた家』の奥座敷で開かれた賭場で顔を合わせていたはずだ。

「青柳さま」

京之進が戸惑いの色を浮かべてきいた。

「そうだ。貞八とは金兵衛の娘婿のことだろう。ふたりは賭場で顔見知りだったはずだ。ふたりの間に何かあったのか」

ふと、剣一郎はあることを思い出した。

富三郎、貞八、源吉の背格好が似ているということだ。

剣一郎の左頬の青痣が微かに疼《うず》き出した。迷ったときや、ある考えにとりつかれたときなど、ふいに痣が疼くのだ。たいてい、何かが閃《ひらめ》く直前のことが多い。

十九歳で横死した実兄が何かを告げようとしているかのように、剣一郎はその疼きのことを考えている。

た。


「まさか」

突然、頭の中で何かが弾《はじ》けたような気がした。

「京之進、明日、墓を掘り返してみるのだ」

いったん浮かんだ疑惑だけは解消しておこうと、剣一郎は京之進に命じたのだっ
た。


翌日の夕方、深川の北森下町にある長桂寺の境内に、剣一郎をはじめとして、町方の者が大勢集まっていた。

七つ（午後四時）を過ぎていた。

今朝早く、源助町の日影長屋まで呼びに行った六助がやっと駕籠で到着した。

西陽が墓地に射し込んでいる。

僧侶の読経が済むのを待って、

「よし。はじめてくれ」

と、剣一郎は合図を送った。

地元の若い者が鍬《くわ》や鋤《すき》を使って墓地を掘り返しはじめた。

土がどんどん掘り返され、穴が深くなって、やがて棺桶《かんおけ》の蓋《ふた》が見えて来た。

「いいだろう。では、蓋を開けてくれ」

剣一郎の声に、色の浅黒い男がふたり、座棺の蓋を上げた。

貞八の亡骸だ。白装束《しょうぞく》に身を包んでいる。

剣一郎はしゃがみ込んで、右の二の腕を見た。そこは斧で裂《さ》かれ、傷が広がっていた。他の者は顔面への斧の一撃で死んでいるのに、貞八だけは二の腕に傷を負っていた。

「六助。見てくれ」

剣一郎は六助を呼んだ。

おそるおそる六助が近づいて来た。

「さあ」

竦んでいる六助を急《せ》かした。

大きく深呼吸をし、手で自分の顔を叩いてから、六助は穴の傍にしゃがみ、棺桶を覗き込んだ。

しばらく眺めていた六助の目がだんだん見開かれ、やがて目を剝いたようになった。

「ひぇっ」

六助が空気が漏れたような悲鳴を上げてから、

「源吉だ。これは源吉だ」

と、逆上したように叫んだ。

「やはり、源吉だったか」

剣一郎は呟いた。

「青柳さま。すると貞八は生きているということに」

「そうだ。貞八と富三郎は同一人物だ」

陽は落ち、西の空は茜色に染まっていた。

剣一郎の傍らに新兵衛が寄って来た。

「青柳さま。あの男。いつぞや、由蔵と会っていた男ではありませぬか」

新兵衛がさりげなく野次馬に目をやる。遊び人ふうの男がいきなり踵を返した。

「つけろ」

はっと答え、新兵衛は男のあとをつけた。

六

猫目の弥助はつけられていることに気づいていた。

本法寺《ほんぽうじ》の脇に差しかかった頃はすっかり暗くなっていた。背後からぴたっと足音を消して何者かがつけて来る。

あの足の運びはただ者ではない。武士だ。隠密廻り同心かもしれない。

前田丹後守《まえだたんごのかみ》の下屋敷の前を過ぎたところで、いきなり弥助は雑木林の漆黒《しっこく》の闇に飛び込んだ。

走り去ったと思わせ、弥助は樹の陰に身を隠した。

尾行者があわてて走って来る。目の前に差しかかったとき、弥助は匕首を構えて飛び掛かった。

相手は身体を一回転させて地べたに倒れるように避けた。弥助は足を踏ん張って立ち止まり、すぐに態勢を立て直してその場から走り去った。

相手は追って来る。弥助はあえて暗い場所を選んで走った。

弥助は暗闇に目がきく。猫目という異名は伊達《だて》ではない。暗がりの中を柳島村の田圃道に走った。

　尾行者の姿が遠くに見えた。その姿を確認しながら、武家地を抜け、竪川《たて》を四ツ目《よめ》橋で渡った。

　そのまま小名木川にぶつかるまで走り、背後を気にしながら、何度も道を曲がり、ときにはわざと遠回りをして、仙台堀に出た。

　完全に振り切ったという自信はあったが、それでも念を入れて、途中の暗がりに身を潜め、尾行がないかを確かめ、そして、三好町《みよしちよう》の材木置場の裏手にある隠れ家に引き上げて来た。

「おう。弥助か」

　長火鉢の前で長煙管をくゆらせていた獄門首の五郎太が声をかけた。

「朝からどこへ行っていたんだ」

「じつは……」

　その前に腰を下ろし、弥助が切り出そうとするより前に、

「今、話していたところだが、きのう由蔵が殺されたそうだ」

と、五郎太が弥助の言葉を聞いていなかったかのように言った。

「ええ、あっしも耳にしやした」

「そうか。由蔵が死のうが、俺っちには関係ねえ。だが、由蔵は托鉢僧のあとをつけて行ったそうだ。由蔵が誰をつけて行ったのかが気になるんだ」

五郎太が獰猛《どうもう》な顔を歪めた。

「由蔵がわざわざつけていく相手となると、奴しか考えられねえ」

仏《ほとけ》の三蔵《さんぞう》が言う。仏のような穏やかな顔をしているが、ひとを殺すことをなんとも思っていない男だった。

もっとも、仲間は全員、ひとを殺すことになんのためらいも持たない者ばかりだ。

「富三郎だ」

五郎太が目を剝いた。

「しかし、富三郎は……」

蝮《まむし》の長次郎《ちょうじろう》が口をはさんだ。すでに死んでいると言いたかったのだろう。

「俺はな。どうも、富三郎があんな死に方をするのが信じられねえんだ。いくら相手が斧でふいを襲ってきたとしても、そう簡単にやられる玉じゃねえ。奴は」

「おかしら。そのことだが」

猫目の弥助はやっと口を入れた。

「じつは、きょうの夕方、青痣与力ら八丁堀の連中が貞八の墓を掘り返したんだ」

「なんだと」

「傍に近づけねえから話し声は聞こえなかったが、あの場の雰囲気じゃ、埋められていたのは貞八、いや富三郎じゃねえ」

「なんだと」

獄門首のように青白く、髪はそそけ、いかつい顔をしている五郎太は長煙管を持ったまま、目を見開いた。

「じゃあ、やっぱし奴は生きていたのか」

「間違いねえ」

弥助は言い切った。

五郎太の顔がみるみる紅潮《こうちょう》してきた。

富三郎は五郎太の妾にちょっかいを出して、断られてかっとなって殺し、仲間の隠れ家を代官所に密告して逐電《ちくでん》したのだ。

妾が殺された上に自分たちも危うく捕まりそうになって、五郎太の怒りはすさまじく、どこまでも富三郎を追いかけて殺せと命じたのだ。

もちろん、裏切られた弥助たちの恨みも大きい。

弥助が江戸に出て来たのは富三郎を捜すためだった。富三郎は博打好きだった。どこかの賭場には必ず顔を出しているに違いないと睨んだ。それで、賭場をめぐった。

本所の不良御家人《ごけにん》の屋敷で開かれている賭場、浅草のやくざが取り仕切っている賭場、坊主が胴元になっている賭場と、富三郎を捜してまわった。

そして、ついに深川熊井町の料理屋の奥座敷で開かれている賭場で、富三郎に似ている男を見つけたのだ。

男は貞八と言い、金貸し金兵衛の娘婿だという。そこで、富三郎に似ている男と話していた由蔵に近づき、貞八の二の腕を調べてもらった。

富三郎の二の腕に蝶《ちょう》の形に似た痣があるのだ。それを確かめさせた。由蔵は貞八の袖にわざと酒をこぼし、あわてて拭く振りをして、二の腕を見たのだ。

やはり、痣はあった。貞八と名乗っているのは富三郎に間違いないと思い、弥助はいったん赤城山麓《あかぎさんろく》に近い隠れ家に帰り、五郎太に訴えた。

五郎太は顔を紅潮させて、

「必ず、奴を八つ裂きにするんだ」

と、激昂《げっこう》して叫んだ。

すぐに仕度をして、上州《じょうしゅう》を発った。もちろん、五人の仲間は別々に江戸入りをし、すでに弥助が借りてあった三好町のこの一軒家で落ち合ったのだ。

だが、江戸についた一味を待っていたのは、貞八こと富三郎の死だった。金貸し金兵衛が一家を皆殺しにした末に、首を括ったというものだった。五郎太は呆然としたものの、すぐには信じようとしなかった。

弔いの様子を見に行ったが、やはり貞八こと富三郎は死んだらしい。五郎太は恨みを晴らす機会を奪われ、歯噛みをして悔しがったが、死んだものは仕方ないと自分を納得させたのだ。

気持ちを切り換え、高崎《たかさき》に帰る前に江戸で一働きと、由蔵が『佐倉屋』の妾の間夫であることを知り、『佐倉屋』に押し込むことを決めたのだ。

『佐倉屋』の様子は由蔵が妾から聞き出していた。

こうして、『佐倉屋』の押し込みを成功させ、今、江戸を離れる準備をしているときに、富三郎が生きているらしいとわかったのだ。

「富三郎は死んだと見せかけ、あっしたちが江戸を離れるのを、どこかでじっと見ているのだ」

三蔵が憎々《にくにく》しげに言った。

「富三郎は悪知恵の働く奴だと思っていたが、まさかこんな真似までするとは」

五郎太は歯噛みをしたあとで、

「ちくしょう。おい、野郎ども」

と、いきなり立ち上がって吠《ほ》えるような声を出した。

「富三郎を許しちゃおけねえ。奴がまだのうのうとしているときちゃ、江戸を離れることは出来ねえ。奴を見つけるんだ」

「へい」

五郎太は分厚い唇をひん曲げた。

「よし。江戸を離れるのは延期だ。おい。いいか。富三郎をいかしちゃおけねえ。奴を絶対に許すわけにはいかねえんだ」

弥助は他の仲間に気合を入れた。

「おかしら。必ず、捕まえてやりますぜ」

弥助は腹の底から唸り声を発した。

「手掛かりはある」

弥助は言った。

由蔵があの場所で殺されていたのは、富三郎がその方面に身を隠しているということに違いない。

きょう一日、富三郎は隠れ家の百姓家から一歩も外に出なかった。ときたま、近くの百姓が通りがかるが、こっちまで来ることはない。

あと、何日かで獄門首の五郎太は江戸を離れるはずだ。江戸での押し込みを続けるほど、五郎太はばかではないだろう。

奉行所だけでなく、火盗改めもいるのだ。それらの厳しい目をかいくぐって押し込みをやるのは、代官所の役人を相手にするようなわけにはいかない。そのことを、五郎太は十分にわかっているはずだ。

ここにしけこんでいるのも、あと僅《わず》かだ。

自分がいるときは、お駒を自由にしている。万が一、逃げ出すようなことがあれば、そのときは殺すつもりだった。

もう少しの辛抱だ。『佐倉屋』の押し込みで、奉行所の探索は厳しさを増しているはず。あと数日のうちには、獄門首の一味は江戸を離れるはずだ。

あれは三年前のことだった。

五郎太の妾に懸想《けそう》をしたのが間違いのもとだった。最初は妾のほうからちょっかいをかけてきたくせに、いざとなったら拒否した。

一度燃え上がった炎を消すことは容易ではなかった。なんとしてでも思いを遂《と》げようとして、おかしらのいない留守に忍び込んだ。

だが、激しい抵抗にあった。

気がついたとき、富三郎は妾の首を絞めていたのだ。

おかしらに殺される。恐怖におののいた富三郎はまず、妾の死体を床下に隠した。

だが、いつまでも隠し果《おお》せるものではない。

やがて、妾の死体が五郎太の家の床下から発見された。

五郎太は卒倒《そっとう》しそうなほどに怒りを露わにし、下手人をぶっ殺すとわめいた。その件で、一味の全員に呼び出しがかかった。

そして、一味が集結するという日。五郎太の家を代官所に投げ文で知らせ、富三郎は上州をあとにしたのだ。

だが、代官所の役人が押しかけたときには、そうと察した五郎太一味は姿をくらましていたようだ。

それから、富三郎の獄門首の五郎太一味から逃げ回る生活がはじまったのだ。

出奔《しゅっぽん》から半年後、江戸に出た富三郎は貞八と名を変え、口入れ屋で見つけた川の補修工事の仕事をしていた。

富三郎はまじめを装うためにこつこつと働いた。

そんなとき、ごろつきに因縁をふっかけられている男を助けた。別に仏心を起こしたわけではない。成り行きで助けることになったのだ。それが金貸しの金兵衛だった。金兵衛は自分の店で働かないかと誘った。

返済の催促《さいそく》の仕事をさせたかったようだった。それでも、富三郎はまじめに働いた。いや、そのように見せかけた。獄門首の一味から逃れるためには別人にならねばならなかったのだ。

やがて、帳簿付けまでさせてもらうほどに信用を得て、ついには婿の話になった。金兵衛の娘はとかく派手好きで、金遣いの荒い女だった。婿をとれば素行も改まると思ったのに違いない。もっとも、その頃は娘のお綱と出来ていたのだ。

金兵衛からすると、貞八はおとなしくて勤勉な人柄だと映ったらしい。もっとも、そのように振る舞っていたのだから、その評価はまんざら外れているわけではなかった。

やがて、貞八は金兵衛の娘のお綱と祝言《しゅうげん》を挙げた。

だが、お綱の素行は改まることはなかった。わがままはますます激しくなった。義母もお綱に輪をかけたような女だった。

また、婿に収まったとたん、金兵衛の態度も厳しくなった。金兵衛には仕事が遅いと言われ、義母やお綱からは召使いのように扱われた。ふたりの女には婿であるという意識はなかったようだ。

しかし、貞八という別の人間に生まれ変わるためには、どんな屈辱にも堪《た》えなければならなかった。そして、貞八こと富三郎は堪えた。

この先、金兵衛が死ねば財産は俺のものだという思いがあるから、富三郎はどんなことにも我慢出来たのだ。

だが、堪えている毎日に息苦しくなり、いつしか手慰みに走っていた。

借金を返してもらうために訪れた元浜町にある呑み屋『おゆき』で、女将の年若い亭主の由蔵から深川熊井町の料理屋『つた家』の奥座敷で賭場が開かれていることを聞いたのだ。

一度だけのつもりで足を踏み入れて、やみつきになってしまったのだ。

それだけでなく、金兵衛の妾にも手を出した。義母から、金兵衛に女がいるようだから調べてみてくれと頼まれ、金兵衛のあとをつけてわかったのだ。

金兵衛の留守を狙《ねら》って、今戸の家に押しかけ、ほとんど手込めのように情を結び、いつしか間夫という形で、金兵衛が留守のときに出入りをするようになった。

妾のおきんに対しては、金兵衛との関係を隠し、富三郎として接した。

金兵衛の妾との逢瀬《おうせ》、手慰みが富三郎の憂《う》さを晴らすに大いに役立った。

だが、やがて、暗雲が立ち込めるようになった。博打のほうでは、負けが続き、店の金に手をつけるようになった。その埋め合わせをするために、ある男に金を貸したというように体裁《ていさい》を整え、使い続けた。

そして、あるとき、金兵衛の娘婿であることが、おきんにわかってしまったのだ。それがわかったからといって、ふたりの関係に影響はなかったが、弱みを握られたことも事実だった。いつ、そのことを金兵衛に言いつけられるか。気のせいか、そのことがあってから、おきんの態度が横柄《おうへい》になったような気がした。

そのままならまだよかったが、いつしか金兵衛はおきんのことで富三郎に疑いを持つようになったのだ。

一度、煙草入れをおきんの家に忘れてしまったことがあった。その煙草入れを金兵衛が見たようだとおきんから聞いて、富三郎は観念した。だが、金兵衛は何も言わなかった。そのことがかえって不気味だった。

そして、ついにあのときがやって来たのだ。

深川の『つた家』の奥座敷で開かれている賭場で、由蔵が妙なことをした。

盆茣蓙から離れ、別間で煙草をすって休んでいると、由蔵が銚子を持って近づいて来た。が、由蔵は足をとられたのか、よろけて富三郎の肩に酒をこぼしたのだ。

すまねえと由蔵があわてて手拭いで袖を拭いてくれた。そのとき、袖がまくれあがった。由蔵は何度も頭を下げて去って行った。

そのあとで由蔵が賭場を抜け出たので、富三郎は何かを感じて由蔵のあとをつけた。

すると、屋敷の庭で、由蔵が男と話していた。

暗くて顔はわからなかったが、突然、雲が切れ、月影が射した。男の顔が浮かび上がって、富三郎は総毛立つ思いに襲われた。

猫目の弥助だった。とうとう、見つかったか、という絶望感に襲われた。

俺の正体を見抜かれたと、富三郎は思った。

その夜、横山町に引き上げたとき、弥助があとをつけて来たのに気づいた。

翌日、翌々日と一味は襲って来なかった。これは、どこかに仲間を呼びに行ったのだと思った。

富三郎はこの危機を乗り越える手段を考えた。

そして、日本橋通りを歩いているとき、運命のようにあの男が歩いて来たのだ。背格好や顔だちが自分に似ていると思った。その男が源吉だった。

この男を殺し、自分が死んだように見せかければ……という企みを思いついたのだ。つまり、貞八が死んだことにすれば、獄門首の五郎太一味から逃げられる。

だが、いくら似ているとはいえ、金兵衛や妻女には死体を見れば、すぐ別人だと見抜かれる。

そうやって考えて行くと、完璧を期すためには金兵衛一家も邪魔だった。

最近は金兵衛からも疎《うと》まれ、義母やお綱にも相手にされていない。店の金の使い込みもいずれわかってしまう。

金兵衛の妾おきんも自分が貞八であることを知っている。そう考えれば、おきんまで始末しなければ、安心出来なかった。

獄門首の五郎太一味から逃げるだけではない、町方の探索からも逃れなければならないのだ。

この二つを叶《かな》えるには……。

こうして、金兵衛が乱心して、家族から妾を殺して首を括ったということに偽装したのだ。

あの夜のことがまざまざと蘇る。

その日、天の恵みのように、朝から雪が降っていた。この日は金兵衛が妾のところに出かける日だった。雪の中、昼過ぎに金兵衛は今戸に出かけた。

夕方になって、前日の約束どおり、源吉は横山町の家にやって来た。酒を振る舞い、源吉は酔いつぶれた。宵《よい》の口になって、富三郎は金兵衛の着物を着て、犯行に及んだ。すでに、物置から斧を家の中に持って来てあった。

まず、お綱の脳天に斧の一撃を加え、すぐさま義母を襲い、さらに悲鳴に驚いて駆け込んで来た女中に斧を振り下ろした。

そして、酔いつぶれていた源吉に自分の着物を着せ、源吉の顔面を斧で割り、顔をわからないようにした。それから、二の腕に傷をつけた。これは、自分に痣があるからだ。用心のために、痣が傷で隠れたように装ったのである。

そのあとで、金兵衛の着物を脱ぎ、濡れ縁に出て、庭に放り投げた。

そして、着替えてから血糊のべったりと付いた斧を持って、雪の夜道を今戸まで向かったのだ。

今戸の家に入ると、金兵衛は目を剝き、口をわななかせ、富三郎を罵《ののし》った。

「おまえを引き立ててやったのに、恩《おん》を仇《あだ》で返しやがって。てめえは犬畜生《ちくしょう》以下だ」

と、金兵衛は罵った。

おきんは突然、現れた富三郎におろおろしていた。

やがて、金兵衛はおきんに向かって、

「おまえも俺を裏切りやがって」

と、ものすごい剣幕《けんまく》で怒鳴った。

その金兵衛の背後からひょいと首に帯を巻き付け、すぐに富三郎は後ろを向き、背中合わせになって腰を屈め、金兵衛の身体を背中に乗せた。

いわゆる地蔵背負いで、金兵衛の首を絞めたのだ。

ぐったりした金兵衛をおきんに手伝わせ、鴨居に吊るした。おきんは震えながら、手伝った。

そして、そのあとで、富三郎はおきんの顔面に斧を打ちつけたのだ。

まさか、自分が殺されるとは思ってもいなかったのだろう。おきんは何事が起きたのかという目で見ていて、斧が顔面に打ち下ろされるのを避けもしなかった。

金兵衛の手に血をつけて偽装を施《ほどこ》し、足元に斧を置き、富三郎は勝手口から出た。

そして、隣家を訪ね、異変を知らせて逃亡したのだ。

そのあと、富三郎は花川戸にある久次の長屋に駆け込んだ。

「女の所に行ったら、金兵衛が女を殺して死んでいた」

と、話した。

久次は富三郎が金兵衛の娘婿の貞八だということは知らない。あくまでも、おきんの間夫だと信じ込んでいたのだ。

翌日、久次が見つけておいた請地村の使われていない百姓家に逃げ込んだのだ。

だが、久次が妙な女のことを聞きつけて来た。

思い出したのは源吉の許嫁《いいなずけ》のことだ。愛宕権現の境内の水茶屋で働いていると聞いたことがある。

まずいと思い、富三郎はその女に会いに行った。そして、源吉の名を出して、源森橋まで誘き出し、その後、ここに連れ込んだのだ。


お駒が雨戸の隙間から外を眺めていた。

「お駒、こっちに来ねえか」

腹をさすりながら、富三郎は声をかけた。

ちっ。いつまで強情《ごうじょう》を張ってやがるんだと、富三郎は舌打ちして立ち上がった。

お駒の傍に行き、何気なく隙間から外に目をやったとき、久次が泡《あわ》を食ったように走って来るのが目に飛び込んだ。

何かに追われているような血相を変えた顔に、富三郎は緊張した。

富三郎は土間に行って、久次を待った。

久次が飛び込んで来た。

「何かあったのか」

富三郎がきいた。

「妙な奴がこっちにやって来る」

息をはずませて言う。

「町方か」

「いや。遊び人ふうの男と不気味な顔をした侍だ」

「侍だと？」

まさか、と富三郎は心の臓が絞《しぼ》り込まれたようになった。獄門首の五郎太一味に侍がひとりいる。

ひと斬り伊三郎《いさぶろう》こと丹波《たんば》伊三郎という侍だ。

遊び人ふうの男は猫目の弥助かもしれない。

「あっ、こっちにやって来る」

外を見ていた久次が叫んだ。

富三郎も外を見た。

「獄門首の一味だ」

どうしてだと、富三郎は思ったが、すぐにはっとした。俺が生きているとわかったのかもしれない。

俺がどこに隠れるかは、奴らは手にとるようにわかるはずだ。廃屋になった百姓家、神社、荒れ寺など、一味に加わっているときには利用していたのだ。

間違いない。しかし、どうしてこの場所が……。

「久次。おめえここで火を焚《た》いたな」

「へえ。飯を炊《た》いた」

それだと、富三郎は歯嚙みをした。

煙が上がったのだ。

「ちくしょう」

「おい、俺はここから逃げる。おめえはここにいて、奴らに聞かれたら、この女と駆け落ちしたのだと答えろ。俺のことは口が裂けても喋るな。いいな」

「わかった」

「明日の夕方、例の稲荷で落ち合おう」

「例の場所というと、兄きに声をかけられた？」

「そうだ」

浅草田町《たまち》の袖摺稲荷《がってん》のことだ。

「わかった。合点《がってん》だ」

「じゃあ。俺は行くぜ」

奴らがふたりだけでここにやって来るはずはない。他の者は裏手から迫っているはずだ。富三郎は荷をまとめ、裏口から飛び出した。

草むらに身を隠し、綾瀬《あやせ》川伝いに走った。案の定、三人の男が裏から迫っていた。獰猛《どうもう》な面《つら》の五郎太が真ん中にいた。

息をひそめ、富三郎は三人をやり過ごした。久次、うまくやってくれと祈り、富三郎は川沿いを少し行ってから小橋を渡って、寺島村のほうを目指した。

だが、途中で気が変わった。奴らから逃げ果せるのは難しい。だとしたら、奴らをやっつけるまでだ。

よし、奴らのあとをつけて隠れ家を探ってやろうと、富三郎は開き直って、来た道を戻った。

七

その頃、剣一郎と新兵衛は飛木稲荷を過ぎて西に向かうと、しばらくして村役人のひとりに声をかけられた。

「いつぞや、綾瀬川の近くにある廃屋から煙が上がっていたそうです」

「廃屋だと?」

「はい。使われていない百姓家があります」

「よし」

剣一郎がそこに向かおうとすると、さらに村役人の男が、

「さっき、浪人とごろつきみたいな男がそっちに向かいました」

と、付け加えた。

何者かわからないが、ともかく急がなければならないと、剣一郎は新兵衛と共に、綾瀬川に向かった。

木立に三方を囲まれて、廃屋になった百姓家が見えてきた。

「あれですね」

新兵衛が先に戸口に近づいた。戸は開きっぱなしだった。

静かだった。ひとの気配がない。

土間に足を踏み入れたとき、剣一郎は覚えず顔をしかめた。

「血の匂いだ」

新兵衛が土間の隅に向かった。そこに男が倒れていた。

顔が腫《は》れていた。殴られたあとだ。拷問《ごうもん》を受けた末に、心の臓を一突きされて絶命したらしい。見知らぬ顔だ。二十四、五歳の男だ。

飛木稲荷で、百姓の女房が見た男かもしれない。

ふと物音がして、剣一郎は板敷きに駆け上がった。

奥の座敷に女が倒れていた。

剣一郎は駆け寄った。肩を抱き起こす。女は生きていた。気を失っているだけだ。活を入れると、女は気づいた。虚ろな目を剣一郎に向けていたが、突然、悲鳴を上げてのけぞった。

「安心せよ。奉行所の者だ。お駒か」

「はい」

お駒は訝しげな目をした。

「そなたのことは六助から聞いた」

「では、青柳さまで」

お駒は目を見張った。

「そうだ。ともかく、そなたが無事でよかった。ところで、富三郎という男に誘き出されたということだが、これまでのことを詳しく話してくれないか」

「はい」

お駒は今までのことを、とつとつと語り出した。

話を聞き終えた後、

「きょう、ここで何があったのだ」

剣一郎はきいた。

「そこで死んでいるのは久次といい、富三郎の弟分みたいです」

お駒は久次の死体に目をやってから、

「きょう久次が血相を変えて帰って来たんです。そして、誰かがやって来ると告げると、富三郎が獄門首の一味だと言い、あわててここから出て行きました。そのあとに、五人の男たちが入り込んで来て、富三郎はいるかと久次を問い詰めたのです」

だが、久次はそんな男は知らない。ここにいるのは俺とお駒だけで、ふたりは駆け落ちしてきたのだと答えた。

　すると、中のひとりがお駒にきいた。この男の言うことに間違いないかと。

「だから、私は訴《うった》えました。富三郎はちょっと前に逃げたと。そしたら、五人は久次を殴りつけて、富三郎はどこへ行ったかと問い質しました」

「久次は白状したのか」

「いえ。ふたりは明日の夕方、どこかの稲荷で落ち合う約束をしていましたが、口にしませんでした。ただ、久次は富三郎は金貸し金兵衛の妾の間夫だった男で、妾の家に行ったら、妾が死んで金兵衛が首を括っていたので、金を奪って逃げて来たと聞いていると答えていました」

「久次は富三郎をかばい続けたようだな」

「はい。最後まで口を割ろうとしませんでした」

「相手は、そなたに対してはどうしたのだ？」

「私がどうして富三郎に連れ込まれたのだときいたので、源吉さんとのことを話しました。源吉さんのところに案内してやると言われ、ここに連れ込まれたのだと」

「相手は何か言っていたか」

「そうか、と呟き、源吉は富三郎の身代わりになって殺されたのだと言いました。富三郎も獄門首の一味だったそうです。おかしらの妾にちょっかい出して、俺たちを裏切って逃げたんだと言いました。そのあとで、久次の胸に刃物を突き刺し、私にも刃を向けたのです。それで、私は気を失ってしまったようです」

お駒は涙ぐんだ。

「源吉さんが死んでしまったんです。あのまま、殺されていたほうがよかった」

「気弱なことを言うではない。源吉は貞八という男として葬《ほうむ》られている。そなたは源吉をちゃんと葬ってやる務めがあるのだ。このままでは、源吉が可哀そうだ。そう思うなら、気をしっかり持て。六助も心配している」

「はい。わかりました」

お駒は気丈に答えた。

「駕籠を呼んでやるから、それまで待つのだ」

「はい」

お駒は素直に頷いた。

「では、ひとっ走り」

新兵衛が百姓家を飛び出して行った。

富三郎は獄門首の五郎太一味の仲間だったのだ。富三郎は五郎太の仲間から逃げ回っていたのだ。

貞八と名乗り、金兵衛の娘婿になった。だが、一味に見つかり、そのために、金兵衛一家を惨殺し、源吉を身代わりにして自分も死んだことにした。

許せないと、剣一郎は富三郎に対して怒りが込み上げてきた。

明日の夕方、落ち合う場所とはどこか。稲荷だけではわからない。富三郎。きっと捕まえてやる。目を閉じ、深呼吸をしたが、火のように燃えた心の怒りはさらに激しくなった。

第四章　死闘

一

翌日。渋《しぶ》る長谷川四郎兵衛を説得して北町奉行所の協力を仰ぎ、南北の手で、富三郎と獄門首の一味の行方の探索をはじめた。

獄門首の一味はどこかに隠れ家を持ち、そこに潜伏《せんぷく》しているのだろうが、富三郎には行く場所があるだろうか。

富三郎の隠れ家で死んでいた久次のことを、大下半三郎が手札を与えている岡っ引きの花川戸の伝六が知っていた。

金兵衛の妾のおきんが働いていた入谷の『越後』という料理屋の板前だったという。

どういうわけでふたりが結びついたかわからないが、富三郎の逃亡に久次が手を貸していたようだ。

その久次がいなくなって、富三郎はどこに逃げたか。

北町奉行所の意見は江戸を離れたのではないかということだ。請地村から東に、葛西村、松戸《まつど》村などを抜け、水戸《みと》、佐倉《さくら》、銚子《ちょうし》方面などに足を向ける可能性を唱え、北町では主にその方面の探索を中心に置いた。

獄門首の一味も富三郎を追って行くだろうということで、北町は主力の要員をそっちに向けることになった。

だが、剣一郎は逆ではないかと思っていた。江戸にいたほうがかえって敵の目をくらませられる。富三郎はそう考えているように思えてならない。

だが、江戸でこれ以上、富三郎が頼れる人間がいるだろうか。富三郎は逃げ場所をどこに求めるだろうか。

請地村の百姓家も久次が見つけたものらしい。ひょっとして、久次からまだ隠れ家として使える場所を聞いていたかもしれない。久次が住んでいた家に一時的に隠れるかもしれない。

そう思って、剣一郎は午後になって、久次について知るために、新兵衛とともに入谷にある『越後』に行った。

背後に入谷田圃が広がっていて、鄙《ひな》びた雰囲気の門構えだが、女中をたくさん置いていて派手な感じの料理屋だった。

おきんはここで酌婦として働いていて、金兵衛にくどかれたのである。

でっぷりと肥った女将に、

「久次というのは以前、ここで板前をしていたそうだが」

と、剣一郎はきいた。

「はい。素行が悪く、やめていただきました」

「やめたあと、どうしていたか知っているか」

「いえ。浅草界隈で悪さをしているらしいと聞いたことがありますが、詳しいことは知りません」

富三郎とのつきあいは、この店をやめたあとのようだ。

「どこに住んでいたのかもきいたことはないか」

「私は知りません。ちょっと聞いて参ります」

女将は立ち上がって、板前の男を呼んで来た。

「常《つね》さん。お話しして」

女将に促され、常と呼ばれた男は畏《かしこ》まって口を開いた。

「観音《かんのん》さまの境内で、一度ばったり顔を合わせたことがございます。そのとき、花川戸に住んでいるようなことを言っていました」

「花川戸か」

「へえ。久次が殺されたっていうのはほんとうなんですかえ」

「うむ。ほんとうだ」

「そうですかえ。この前、会ったときには、そのうちにお店を開くんだとか言って、はりきっていたんですが」

ほとぼりが冷めたら、富三郎と店をやるつもりでいたのか。

久次も富三郎に騙されたのだろう。金兵衛一家惨殺の下手人だとは思いもしていなかったに違いない。

剣一郎は入谷から花川戸にまわり、久次の住んでいた長屋に寄ってみた。

大家はまだ久次が殺されたことは知らなかった。花川戸の伝六も、富三郎の探索に走り回っていて、こっちまで気がまわらなかったようだ。

「久次が死んだんですか」

大家はしんみり呟くように言った。

「根は悪い奴じゃないんですが」

「すまぬが、久次の住まいを見せてくれ」

「はい」

大家は長屋の路地を奥に進み、奥から二軒目の戸障子の前に立った。

「こちらでございます」

大家は戸を開けた。鍵はかけていない。

狭い土間の右手にへっついと水瓶《みずがめ》。四畳半の部屋の隅に夜具が積まれ、壁に茶の格子縞の着物がかかっている。行灯の横に徳利が転がっていた。

「きのう、ここに誰かやって来なかったか」

剣一郎は大家にきいた。

「いえ」

と答え、大家は後ろを見た。戸口に長屋の者が集まっていた。

「おまえたち、きのう久次のところに誰かやって来たのを見たか」

長屋の連中は口々に否定した。

家の中にも、富三郎がやって来た様子はなかった。

「久次に女がいたかどうか知らないか」

剣一郎はきいた。

「いなかったと思いますけど」

戸口にいた職人体の男が、

「馬道にある一膳飯屋《いちぜんめし》の娘に入れ込んでましたが、決まった女はいませんでしたぜ」

と、答えた。

長屋を出た。

新兵衛がきく。

「久次の知り合いが富三郎を匿《かくま》うでしょうか」

「考えにくい」

念のために、馬道にある一膳飯屋に寄ったが、そこの娘は富三郎のことを知らないと答えた。また、久次のこともあまり記憶にないようだった。

あとは、富三郎に縁があるとすると……。金を貸していた客の中に富三郎と親しくする者がいたとは思えない。ましてや、お尋ね者を匿うとは考えられない。

「残るは賭場だ」

剣一郎が呟いた。

「深川辺りの地回りの連中と顔なじみになっているだろうから、金で富三郎を匿う者もいないとも限らない」

「仰《おつしや》る通りにございます。あの賭場にはいろいろな人間が出入りをしていました」

新兵衛も応じた。

山谷堀の船宿から舟に乗り、隅田川を下って、深川の熊井町に向かった。

夕方になって風が出てきたのか、波が高く、舟は揺れた。

獄門首の五郎太一味の探索を続けている京之進たちのほうも進展はないようだ。しかし、獄門首の一味は富三郎を追っているのだ。富三郎を追い求めれば、必ずや、そこに獄門首の一味も現れる。

熊井町の船着場に着き、新兵衛の案内で、賭場の開かれている料理屋『つた家』にやって来た。

黒板塀に囲まれた大きな料理屋だ。

「では、新兵衛。頼んだぞ」

「はっ」

遊び人の風体《ふうてい》で、新兵衛は『つた家』の門を入って、飛び石づたいに玄関に向かった。

博打が目的の客も玄関から入れ、そのまま奥に案内されるのだろう。

剣一郎は『つた家』の門を見通せる場所で、新兵衛を待った。

富三郎がどこに逃げたか。もはや、考えられるのは賭場で知り合った男のところしか考えられない。客の中には、脛《すね》に傷を持つ者も少なくないだろう。そういった連中の中に、富三郎を匿う者がいないとも限らない。

なにしろ、富三郎は盗んだ金を持っているのだ。

そう睨んで、新兵衛を探りにやらせたのだ。

辺りは薄暗くなり、ぼちぼちと料理屋の門に消えて行く者が現れた。賭場に行く客かどうかはわからない。

八幡鐘《はちまんがね》が鳴りはじめた。暮六つを告げているのだ。

新兵衛が出て来た。

「まだ、わかりません。今夜、ここに居続けて、探ってみます」

「そうか。すまぬが頼んだ」

「はっ」

新兵衛は再び賭場に戻って行った。

帰宅した剣一郎は、夕げのあと、いつものように濡れ縁に腰をおろし、庭の梅の木を眺めた。暗がりに、白い花が浮かんでいる。

最近になって、富三郎という男のことを深く考えるようになった。

あの者は獄門首の五郎太の子分だった男だ。一味から追われ、江戸に逃げて来た。貞八と名を変えて暮らしていたが、ついに一味に見つかってしまった。

そこで、あのような金兵衛一家惨殺という事件を起こし、すべてを金兵衛の仕業と見せかけて、自分を死んだことにした。

金兵衛の家族、女中、そして妾、さらに源吉の六人を殺してまでも獄門首の一味から逃れようとした。それだけでなく、由蔵をも殺している。

自分が助かりたいがためだけで、都合七人の命を平然と奪っている。そういう残《ざん》虐《ぎゃく》性はどこから来ているのか。

自分の命を守るためには他人の命を簡単に奪う。まるで阿修羅《あしゅら》道を行くがごとき、富三郎の身勝手な人間性はどうして形成されていったのか。

剣一郎はそのことを知りたいと思った。

二

その日の夕方、富三郎は手拭いを頭にかぶり、吉原通いに見せかけて、田町一丁目と二丁目の境にやって来た。万が一、久次が口を割ったことを考えて、久次との約束の袖摺稲荷にはまっすぐ向かわなかった。

辺りに不審な者がいないか、用心した。

半刻（一時間）ばかり遠くから様子を窺ったり、その前を素通りしたりしたが、久次がやって来ている気配はなかった。

だんだん富三郎は暗い気持ちになっていく。

久次のことだ。律儀《りちぎ》に俺が伝えたとおりのことを話したに違いない。だが、獄門首の五郎太が久次の言葉を簡単に信じたとは思えない。おそらく、拷問を加えて、俺のことを聞き出そうとしたはずだ。

それでも久次は俺のことを喋らなかったのだろう。喋ったら、奴らがここにやって来たはずだ。

だとしたら、久次はどうしたか。

久次は殺されたか、大怪我《おおけが》を負った可能性が強い。いや、殺されたとみるべきだろう。

富三郎は怪しい人間がいないことを確かめてから、鳥居を潜り、本殿の裏にまわった。周囲を見まわしてから、縁の下から隠してあったずだ袋を取り出した。

その中に金兵衛の家から盗んだ五百両が入っている。その中から百両を取り出し、懐に入れる。

残りの金の入ったずだ袋を再び床下に隠し、稲荷を離れた。

馬道から花川戸に出て、吾妻橋を渡り、本所を突っ切る。夜道を深川の三十三間《さんじゆうさんげん》堂町《どうまち》を目指した。

ゆうべから世話になっている梅右衛門《うめえもん》の家に行くのだ。

ゆうべ、富三郎は請地村の百姓家から引き上げる獄門首の一味のあとをつけ、三好町にある奴らの隠れ家を突き止めたのだ。

そして、そのあと、いったんは花川戸にある久次の長屋に行くことも考えたが、危険だと思いなおし、三好町から近いということもあって、賭場で知り合った梅右衛門を頼ったのだ。

「旦那。お言葉に甘えてやって来てしまいました」

そう言うと、梅右衛門は皮肉そうに口許を歪め、

「やっぱし、おまえさんは生きていなすったんだな。おまえさんは簡単に死ぬような人間ではないと思っていた。俺の目は節穴《ふしあな》じゃなかったってわけだ」

梅右衛門は金兵衛一家の件の真相を半ば見抜いていたのか、貞八と名乗っていた富三郎の顔を見ても、さして驚きもしなかった。

「恐れ入ります」

富三郎はそう言うしかなかった。

梅右衛門は深川界隈で顔をきかせている地回りの元締めだった男で、今は隠居して、おせいという若い女房と暮らしているのだ。

それでも、ときたま、賭場に顔を出している。

賭場に出入りをしているとき、何度か梅右衛門と顔を合わせたことがある。何かことが起こったら、相談に乗ると言われていた。

さすが、梅右衛門は富三郎の奥底に潜む邪悪なものを見抜いていたようで、おまえさんはいつか何かしでかすに違いねえと、真顔で言っていたのだ。

「しばらく匿っていただきたいのですが」

そう言うと、梅右衛門はじろりと睨み付けるように見たので、

「お礼はたっぷりさせていただきやす」

と、言った。

「うむ。いいだろう」

梅右衛門はお尋ね者であっても頼って来たら匿うという男気があるのだ。もっとも、それは金を積んだ上のことだと、富三郎は知っていた。

そしてきのう、この家の二階で休んだのだ。

三十三間堂の裏手にある二階建ての一軒家が見えて来て、尾行者のいないことを確かめてから、その家の玄関を入った。

「富三郎さん。お帰り」

女房のおせいが迎えた。

「さあ、こっちに」

おせいについて居間に行った。

白髪《しらが》の年寄りが長火鉢の前で煙草をくゆらせ、おせいはその年寄りの傍に横座りに足を伸ばして腰を下ろした。

その年寄りが梅右衛門である。

「ただいま、戻りやした」

「だいじょうぶだったかえ」

梅右衛門が煙を吐きながらきいた。

「へえ。用心して行きましたので」

富三郎は答えてから、

「旦那。失礼と存じますが、これをお納めくださいＪ
と、ぽんと五十両を出した。

若い女がにやりとして、五十両の金に手を伸ばした。

「富三郎さん。うちの旦那がついている限りは安心だよ」

女は色っぽい目で、富三郎を見た。

「姐《あね》さん。よろしくお願いいたします」

「富三郎。おめえが何をしたかなど、そんなことはどうでもいい。何をしたかなど詮索するような無粋《ぶすい》はしねえ。まあ。俺がついている限り、町方には指一本触れさせねえから安心しな」

「へえ。ありがとう存じます」

「ただ。ここはときたま町方も出入りをする。そこでだ。佃町《つくだちょう》の『花さと』という娼家《しょうか》の離れが空いている。明日にでもそこに移れ」

「へい。わかりやした」

どうやら、一つ家におせいと富三郎をいっしょにさせたくないようだ。

「富三郎。俺はそろそろ眠らしてもらうぜ。この時間になると、いけねえ。眠たくなる。歳はとりたくないもんだぜ」

そう言い、長煙管をぽんと煙草盆に叩いた。

立ち上がってから、

「おせい。富三郎に酒でも呑ませてやれ」

と、梅右衛門は声をかけてから隣の部屋に行った。

背は高く、痩せているので、倒れそうな気がする。

「富三郎さん。ちょっと待っていておくれ」

「へい」

おせいは梅右衛門といっしょに寝間に行き、しばらくして戻って来た。

おせいは長火鉢の銅壺に徳利をいれて燗《かん》をした。

「姐さん、すいやせん」

元、仲町の岡場所で働いていた女だ。男好きのする顔と、むっちりした体つきに、富三郎はつい見とれる。

おせいも富三郎の目を意識したようにわざと脚を崩したり、胸元を覗かせるような格好をする。

だが、迂闊《うかつ》に甘い言葉を投げかけるわけにはいかない。梅右衛門は眠くなったと言いながら、ほんとうは隣で聞き耳を立てているのかもしれない。

「旦那と姐さんのおかげで助かりました。このとおりでございます」

「なあに、困ったときはお互いさまだよ。さあ」

おせいが身体を寄せて、徳利を掲《かか》げた。

酌をするために身体を傾げたとき、白い胸元が覗いた。富三郎は覚えず生唾《なまつば》を呑み込んだ。

おせいは富三郎の反応を楽しんでいるようだった。

「ところで、姐さん。旦那がお喜びになるものは何でございましょうか」

おせいの顔を熱い眼差《まなざ》しで見つめながら、富三郎はわざとていねいにきく。

「旦那が喜ぶものですって。どういうことだえ」

おせいも見返す。

「へえ。あっしのほうが落ち着きましたら、改めてお礼を差し上げたいと思いましてね。また、お金じゃ失礼かと思いまして」

まだ金を持っていることを匂わせると、おせいはますます媚《こび》を売るように、

「そうだね。お金はいくらあっても困らないからね」

「そうですかえ」

そう言いながら、富三郎は手を伸ばしておせいの手を握った。たとえ襖《ふすま》の隙間から

覗いていても、長火鉢の陰に隠れているので手は見えないはずだった。

おせいはにやりと笑った。

「じゃあ。そんときは改めて五十両ばかし、旦那に差し上げたいと思います。もし、旦那が失礼な真似はよせとお怒りになったら、どうか姐さん、おとりなしを」

富三郎が手に力を込めると、やんわりとその手を外し、

「そのときは私に任せて」

と、意味ありげににやりと笑った。

あまり長居をして、梅右衛門に疑られても困るので、

「姐さん。じゃあ、あっしはこれで」

「あら、まだお酒が残っているじゃない。じゃあ、お部屋に持って行って呑みなさいな。二階に用意をしておいたから」

「へえ。ありがとうございます。では、いただいてまいりやす」

徳利と湯呑みを持って二階に上がった。

改めて手酌で酒を呑みながら、おせいのことを考えた。

おせいはあんな年寄りに満足しているはずはない。獄門首の一件が済んだら、梅右衛門からおせいを奪ってしまおう。それまでは、梅右衛門を立てておかねばならな

い。

しばらくして、富三郎は階下の厠に行った。

その帰り、梯子段の下でしばらく待っていた。おせいが出て来ないかと待ったが、寝間から出て来る気配はなかった。

富三郎は部屋に戻った。

三

朝陽が陰気な部屋に射し込んでいた。

きのうから富三郎は佃町の娼家『花さと』の離れに移ったのだ。

離れといっても、病気になった娼妓《しょうぎ》を養生させる部屋だ。もっといえば、働けなくなった女が死んで行く部屋といってもいい。

泊まり客がいたらしく、二階の障子に影が二つ揺れた。ここには女が四人いた。というの立った女たちばかりで、いかにも場末というわびしさを醸《かも》し出している。

だが、そんな女たちにも客になる男がいるのだ。

もっとも、四人の中では、お砂《すな》という女が一番若く、二十六歳。受け口の唇と切れ長の目、それに豊満な肉体の持ち主だった。

そのお砂が朝飯を運んで来た。

「すまねえな」

富三郎はわざとつっけんどんに言うと、お砂は意地を張ったように、腰を下ろして碗に飯を盛って寄越した。

「富蔵《とみぞう》さん、いったい何をしたんだえ」

お砂が意味ありげな目できいた。

富三郎はここでは富蔵と名乗った。ここの亭主に、梅右衛門はそう言って引き合わせたのだ。もちろん、詳しいことはなにも話していない。

「ちと拙《まず》いことだ」

富三郎は顔を歪めた。

「そのうちに江戸を出るのかえ」

「まあな」

お砂は這《は》うように近寄り、

「あたしも連れて行って」

と、真剣な眼差しで訴えた。

「そんなことをしたら、ここの旦那と梅右衛門さんを裏切ることになる」

　飯を頬ばりながら、富三郎はお砂を見た。

「そんなこと気にかけるようなおまえさんじゃないでしょう。あたしにはわかるのよ」

　お砂は意味ありげな目つきをした。

「まあ、その話はおいおいしよう。それより、客のいないとき、ここに来い」

「あいよ。客を送り出したら、また来るわ」

「二階の客はおめえのだったのか」

　さっきの人影を思い出した。

「あたしはここじゃ売れっ子なんだよ」

「そうらしいな」

　そのとき、この娼家の亭主の権蔵《ごんぞう》がやって来たので、あとでねと言い、お砂はあわてて引き上げて行った。

　権蔵はでっぷりとした身体の持ち主で、毎日遊んでいるのだろう、皮膚は不健康に青白く弛《たる》んでいた。

「旦那。世話になっています」

富三郎は茶碗と箸を置いて畏まった。

「気にせずに続けてくれ」

客などと揉《も》め事があった場合には、梅右衛門の手の者がやって来てとりなしてくれる。そういう間柄だったので、権蔵は梅右衛門の頼みにいやとは言えなかったのだろう。いくら、隠居したとはいえ、梅右衛門はまだまだこの界隈では睨みのきく存在なのだ。

「朝っぱら、旦那のところに行って来た。ゆうべ、青痣与力が辺りをうろついていたそうだ」

「青痣与力が？」

「そうだ。旦那が言うには、青痣与力はこの界隈に注意を向けているかもしれないから、昼間は出歩かないほうがいいとさ。それから、旦那の家にも近づくなと」

「わかりやした」

富三郎は神妙に頷いた。

じわじわと青痣与力の手が忍び寄って来るようだ。それにしても、どうして、この界隈に目をつけたのか。

梅右衛門が俺をここに移したのも、あながちおせいのことで警戒しただけではないようだ。やはり、青痣与力はおそろしい男だと、富三郎はいらだちを鎮《しず》めるように息をいっぱい吸い込んで、思い切り吐いた。

青痣与力の追跡を逃れるには江戸を離れるのが一番だ。それはわかっている。

江戸を離れることはたやすい。だが、獄門首の一味はどこまでも追って来るだろう。奴《やつ》らを殺らなければ、枕《まくら》を高くして眠る日はやってこないのだ。だったら、江戸で決着をつけてやるのだ。

「富蔵さん。もし、旦那に用があれば、私に言ってください。すぐに使いを出しますから。しばらくはじっとしていなすったほうがいいでしょう」

権蔵はどこまで富三郎のためを思っているのかわからない。

「わかりやした。そうしやす」

『花さと』の亭主が引き上げたあと、富三郎はことを急がねばならぬと思った。


富三郎は夜になって『花さと』の離れを出た。

三好町に行くには三十三間堂町を通ったほうが早いが、この辺り一帯には青痣与力の手の者が張り込んでいるとみたほうがいい。用心に越したことはない。

そこで、富三郎は蓬莱《ほうらい》橋を渡らず、堀沿いを東に行き、洲崎《すさき》堤を洲崎弁財天《べんざいてん》の手前の江島《えじま》橋を渡った。

掘割に面して、材木置場が並んでいる。その中を突っ切り、三好町に近づくと、用心深く暗闇に溶け込むようにして獄門首の一味の隠れ家に迫った。

あの日、富三郎は百姓家から遠ざかったが、途中で引き返し、奴らの帰りを待ち伏せたのだ。奴らの隠れ家を突き止めるためだった。

もちろん、奴らは途中でばらばらに散って引き上げたが、富三郎は最初から狙いを長身の蝮の長次郎につけていたのだ。

他の者に比べれば、長次郎のほうが与《くみ》しやすい相手だった。長次郎とて、まさか、富三郎がつけて来るとは思ってもいなかったであろう。

隠れ家は一軒家だった。背後は材木置場で、左隣は隣家の土蔵、右隣は空き地になっていて、隠れ家としては格好の場所だった。

その家の連子窓《れんじまど》から明かりがこぼれている。

富三郎は木場の材木置場の陰に身を隠し、その家の裏口を見ていた。

ときたま、表通りを誰かが通って行く足音がするが、それが行き過ぎると静かだった。

富三郎は手のひらの汗をぬぐった。

殺《や》られる前に殺る。それがこの危機を乗り越える最良の手段だ。生き延びるためにはなんでもしてやる。

この隠れ家を町方に知らせてもいいが、全員を捕らえることは難しい。それより、おかしらを殺るのだ。

まず、目指すはおかしらだ。

誰かが隠れ家から出て来た。ひとりだ。

獄門首の五郎太ではなかった。五郎太はもっと身体が大きい。

仏の三蔵だ。仏のような穏やかな顔をしているくせして獰猛《どうもう》な奴だ。まるで無防備なようでいながら、いざ敵が目の前に現れたら、顔つきが変わる。

三蔵は裏口から出て、空き地に行って立ち小便をした。今なら、背後から襲って息の根を止めることは出来るが、騒がれて仲間に気づかれては拙《まず》い。

それに、今後のことを考えたら、俺がこの隠れ家を探り出したことを気づかれないほうがいいと、富三郎は思った。

襲いかかりたい衝動を、富三郎はじっと我慢した。

やがて、三蔵が家の中に戻った。

しばらく、勝手口を見ていたが、もう誰も出て来る気配はなかった。

富三郎はいったん佃町の『花さと』の離れに戻った。

きょうは客が多く、四人ともお茶を挽《ひ》かずに済んだようだ。


夜明け前に、富三郎は起き出した。

懐に匕首を呑み、そっと離れを出た。

そして、きのうと同じように洲崎堤から材木置場を通って、隠れ家にやって来た。

裏手にある材木置場に身をひそめ、隠れ家の裏口を見つめる。

納豆やしじみなどの棒手振《ぼてふ》りの触《ふ》れ売りの声が風に乗って聞こえて来る。富三郎はじっと待った。

空はどんよりとしていて陽が射さない。雨になるかもしれない。

勝手口が開いた。

先に出てきたのは、猫目の弥助、続いて蝮の長次郎、そして仏の三蔵だ。

皆、それぞれ小間物屋や願人坊主《がんにんぼうず》、飴《あめ》売りのなりをしていた。これから、俺を捜しに行くのだろう。

だが、当てもなく奴らは町方の目のある中を動き回るはずはない。何か目算があるのだろうか。

隠れ家には五郎太がいるが、ひと斬り伊三郎こと丹波伊三郎も残っている。隠れ家を襲撃するのは無理だった。

富三郎は三人のあとを追った。

三人は途中からばらばらばらに散った。弥助は亀久橋《かめひさ》を渡り、三蔵と長次郎はそのまま仙台堀を西に向かった。

富三郎は三蔵と長次郎のほうを追った。

ふたりは仙台堀を歩いて行ったが、三蔵は海辺《うみべ》橋を渡り、長次郎はそのまま仙台堀を西に向かった。

富三郎はやはり一番尾行しやすい長次郎のあとをつけた。

長次郎はまっすぐ隅田川に突き当たるまで進むようだ。突き当たったら、どっちに向かうか。

考えるまでもない。上ノ橋を渡って仙台堀を越え、佐賀町《さがちょう》のほうに向かうはずだ。本所のほうに向かうなら、もっと手前で北に曲がったはず。

弥助も三蔵も仙台堀を越えた。三方から、永代寺《えいたいじ》、富ケ岡《とみがおか》八幡宮を中心とする一帯を歩き回るつもりなのだ。

拙いと、富三郎は思った。

ちょうど、伊勢崎町《いせざきちょう》の横町から棒手振りが出て来た。荷はほとんど空になっている。富三郎は棒手振りの若い男を呼び止めた。

「すいやせん。もう、売り切れちまったんで」

「いや。そうじゃない。頼みがあるんだ」

富三郎は懐から一分金を取り出し、

「あそこに背の高い願人坊主が行くだろう。あの願人坊主に言づけを頼みたいのだ」

そう言って、富三郎は男に一分金を握らせた。

「へえ」

「富三郎を見つけた。本所回向院《えこういん》にすぐかけつけてくれ。五郎太から頼まれたと言うのだ。わかったかえ」

「わかりました。でも。こんなにいいんですかえ」

「いい。さあ、すぐ行ってくれ」

「へい」

と、棒手振りの若い男は天秤棒《てんびんぼう》と籠《かご》を路地の塀に立てかけ、すぐに駆け出して行った。

富三郎は本所回向院に走った。

境内は午前中でも人出が多かった。富三郎は門の横手で、長次郎がやって来るのを待った。

富三郎から四半刻（三十分）ほど遅れて、願人坊主の格好をした長次郎がやって来た。

きょろきょろしている。富三郎は参詣客に混じって長次郎に近づく。五郎太を捜しているのか。

長次郎は本堂に向かった。本堂の前に立った。周囲に手を合わせている善男善女が大勢いた。

長次郎が本堂を見て立ち止まった。富三郎は人込みを縫《ぬ》って背後に迫り、素早く匕首を懐から出して、いきなり長次郎の脇腹に突き刺した。

うっと、長次郎は悲鳴を上げたが、喧騒《けんそう》にかき消され、周囲は異変に気づかなかった。

「富三郎」

振り返りながら、長次郎は目を剝いた。

「悪く思うな」

富三郎は切っ先をぐいとねじった。

長次郎がよろけた。が、足を踏ん張っている。

富三郎はさりげなく離れたが、長次郎はしばらく突っ立っていた。

富三郎が山門に向かっている途中、長次郎の身体がよろけ、やがて大きな音を上げて倒れた。

女の悲鳴が轟《とどろ》いた。

富三郎は急いで山門を飛び出した。

このまま明るいうちに佃町に帰るのは危険が多すぎる。富三郎は竪川に出て、二之《にの》橋を渡り、弥勒寺《みろくじ》橋を渡って北森下町にある長桂寺にやって来た。

金兵衛の家族が埋められた寺だ。富三郎は墓地の中にある井戸に行き、手を洗い、匕首の血を洗い流した。

あと四人だ。ひとりずつ片づけてやる。富三郎は血走った目を見開いて唇を歪めた。

四

剣一郎は南茅場町《みなみかやばちょう》の大番屋に運び込まれた死体を見た。

「これはあのときの男だ」

剣一郎は呟いた。

「おそらく、獄門首の五郎太一味の者に違いない」

はっきりさせるためには、八州取締出役の代官か手代に確認してもらわねばならぬが、ほぼ間違いないだろう。

「いったい、何者がこの者を」

京之進が死体を呆然と見て言う。自分たちが追っていた者が死体となって発見されたことの悔しさが滲《にじ》んでいた。

「富三郎であろう」

「富三郎が？」

「生き延びるために、獄門首に闘《たたか》いを挑んだものと思える。だが……」

剣一郎は奇妙に思えた。

獄門首の連中は、今まで必ずふたりいっしょに行動してきた。なぜ、この者は単独で動いたのか。

功を焦って、ひとりで動いたというより、富三郎に誘き出されたのではないか。剣一郎はそんな気がした。

剣一郎は改めて死体を見た。これで、富三郎は何人殺したことになるのか。さらに、今後も獄門首の一味と闘っていくつもりではないか。

今になってわかるのは、富三郎の生に対する執着の凄《すさ》まじさだ。金兵衛一家を皆殺しに、さらに女中や妾までも殺し、金兵衛の仕業に見せかける大胆さと残忍さは、生きたいという執念のなせるわざのように思える。

さらに、この期《ご》に及んで獄門首一味に対して敢然《かんぜん》と闘いを挑んで行く。まさに、生きたい一心からであろう。

己ひとりの命は万人の死にも勝るものと考えている。その生への執着のもの凄さは、いったいどこからきているのか。

剣一郎はそのわけを知りたいと思った。

「富三郎はなぜ、逃げないのでしょうか」

京之進が死体を見て呟く。

「逃げることなど考えていないようだ。富三郎と獄門首一味との死闘がはじまっているのだ」

「死闘ですか」

京之進は不思議そうな顔をした。

「そうだ。死闘だ。獄門首一味はなんとしてでも富三郎を殺るつもりでいる。そして、富三郎はなんとしてでも生き延びようとしている。その両者が今、闘っているのだ」

しかし、その両者の死闘の前に、奉行所が無力であってはならないのだ。両者いずれの野望もくじかなければならない。

その日の夕方になって、再び剣一郎は熊井町の『つた家』という料理屋にやって来た。

きょうも新兵衛は賭場にもぐり込んだ。この賭場の客の中に、富三郎とつながりを持った人間がいる、剣一郎はそう睨んでいるのだ。

請地村以東の村や街道筋を探索していた北町奉行所の者たちも、回向院境内での殺しによって、自分たちの過ちに気づいたようだ。

西の空は茜色に染まり、やがてその色も消えていく。やがて、八幡鐘が暮れ六つを告げた。

さらに、四半刻ほど経って、『つた家』から若い男が飛び出して来た。しばらくして、その男が戻って来た。その後ろから、四つ手駕籠《よでかご》がやって来て門の前で止まった。

　どうやら駕籠を呼んで来たらしい。

　門から、番頭らしき者が出て来て、その後ろから白髪の背の高い痩せた老人が現れた。老人は杖《つえ》をつきながら、ゆっくり駕籠に乗り込んだ。

　剣一郎は深編笠の内から見つめ、やがて思い出した。

　五年ほど前まで、深川一帯の盛《さか》り場を取り仕切っていた男だ。跡目を息子に譲《ゆず》り、今は隠居の身だと聞いていた。確か、梅右衛門という。

　剣一郎もある事件のことで協力を得たことがあった。が、食わせ者だという印象が強く残っている。

　梅右衛門は賭場に行っていたのではないか。賭場の常連だったとしたら、富三郎とこの男は顔を合わせていたかもしれない。

　それからほどなくして、新兵衛が出て来た。

「どうも貞八、いや富三郎と親しくしていた客は見当たりません。ただ、さっき出て行った梅右衛門という男とは何度か口をきいているのを見ていた者がおります」

「梅右衛門か」

「はい。可能性としては、あると思います」

新兵衛も梅右衛門のことは知っていた。

「梅右衛門は隠居したとしても、それなりの影響力はあるだろうな」

剣一郎はますます梅右衛門が気になった。

「その者と富三郎が親しくしていたとなると、ひょっとして」

「そうだ。富三郎は梅右衛門を頼った可能性もある」

剣一郎は調べてみる必要はあると思った。

「今、梅右衛門がどこに住んでいるか、聞いて参ります」

新兵衛は再び賭場に引き返した。

隠密廻りとして、新兵衛はどんな賭場にも食い込んでいる。ある意味では、胴元たちと暗黙の了解のもとにつながっているのだ。

賭場を見逃す代わりに探索の協力をするという関係が出来ているので、新兵衛は自信を持って賭場に引き返して行ったのだ。

今度はすぐに出て来た。

「三十三間堂裏で、若い妻女といっしょに住んでいるということです」

「よし」

と、剣一郎は三十三間堂裏に足を向けた。

永代寺門前、富ヶ岡八幡宮前を通り、やがて三十三間堂が見えて来た。

その裏手に、一軒家があった。黒板塀で、小粋《こいき》な二階家だ。

念のために、新兵衛を外で待機させ、剣一郎は門を入り、格子戸の前に立った。

「ごめん」

戸を開け、中に呼びかけた。

はいと、十五、六の女が出て来た。女中のようだ。

「青柳剣一郎と申す。旦那はいるか」

「は、はい。ただいま」

女中はあわてて転がるように奥に知らせに走った。

女中に代わって年増の色っぽい女がやって来た。

じろじろと剣一郎の左頰を無遠慮に見つめ、

「これは青柳さまで。少々お待ちを」

と奥に向かい、すぐに戻って来た。

「さあ、どうぞ、お上がりください」

女は媚を売るような目を向けて言う。

「では、上がらせてもらう」

刀を腰から外し、右手に持ち直して、剣一郎は部屋に上がった。

何もない殺風景《さっぷうけい》な部屋だ。待つほどのこともなく、梅右衛門が長身の身体を折るようにして、部屋に入って来た。

「お珍しいことでございますな」

差し向かいになり、梅右衛門が余裕のあいさつをした。

「久しぶりだ」

剣一郎も懐かしげに言う。

「こんなに歳をとったかと驚かれましたでしょうな」

顔にも老人特有の染みや斑点《はんてん》が浮かび、顔色も青ざめていた。

「いや。達者そうでなにより」

「青柳さまもすっかり風格が滲んでおります。青痣与力のお噂はこの耳にも飛び込んで参ります」

梅右衛門は目を細めて剣一郎を見た。

襖が開いて、さっきの年増が茶を運んで来た。

「どうぞ」

「すまぬ。お内儀どのか」

「はい。年甲斐もなく若い女房をもらいました」

「おせいにございます」

おせいは色っぽい目をくれた。

「このようなお美しい内儀がいて、梅右衛門は幸せではないか」

「恐れ入ります」

梅右衛門が長身の腰を折った。

おせいが去ってから、

「そなたは熊井町の『つた家』で開かれていた賭場で、金貸し金兵衛の娘婿の貞八という者と何度か顔を合わせていたそうだが」

言い逃れ出来ないように、剣一郎はずばりときいた。

「あの賭場のことをご存じだとは、恐れ入ります」

話を逸《そ》らすように、梅右衛門は口をはさんだ。

「貞八を知っているのだな」

「はい」

「その貞八が何をしたか知っているか」

「確か、乱心した金兵衛に殺されたとか……」

「いや、貞八は生きている。金兵衛一家を皆殺しにしたのは貞八なのだ」

「それはほんとうのことで……」

梅右衛門はわざとらしく顔をしかめた。

「富三郎という男を知っているか」

「富三郎ですと。さあ」

眠そうな目で答える。

「そうか。知らぬなら、それでいい」

剣一郎はさりげなく続けた。

「貞八の実の名だ。富三郎は、獄門首の五郎太の妾にちょっかいを出した末に殺害し、仲間を裏切って江戸に逃げて来た。金兵衛の娘婿に収まったあとも、ことあろうに金兵衛の妾に手を出し、あげく殺してしまったそうだ。もし、そなたが富三郎などと関わりを持ったとしたら、あんな若く美しい妻女がいるから、少し心配になったのだ」

梅右衛門の目が鈍く光り、その表情は微かに強張ったように思えた。だが、梅右衛門はすぐ笑みをたたえ、

「とんでもない男もいたものですな」

と、他人《ひと》ごとのように言った。

富三郎を知っている。そう剣一郎は察した。

「そうだ。なまじ、あのような男に情けをかけると、あとでとんでもない裏切りに遭うことになる。ともかく、富三郎と関係なくてよかった。邪魔をした」

剣一郎は立ち上がった。

部屋を出るときに横目で見ると、梅右衛門は考え込んでいた。

剣一郎は外に出て、永代寺のほうに向かった。連子窓から誰が覗いているのかがわかった。

新兵衛が音もなく近づいて来た。

「いかがでしたか」

「あやしい。よいか。梅右衛門の女房のおせいの動きを見張れ」

富三郎をどこかに匿っている。剣一郎はそう睨んだ。

「富三郎は女好きだ。もし、おせいを見たらちょっかいを掛けるかもしれぬ。あの女も、梅右衛門に我慢出来るかどうか」

そのことにかけてみると、剣一郎は言った。

「わかりました」

新兵衛は静かに離れて行った。

もし、梅右衛門の線が違っていたら、富三郎を見つけだす手だては、もうないように思えた。

五

その日の昼前のことだ。ちょうど、回向院境内での殺しを聞き、剣一郎が大番屋に向かっている頃だった。

猫目の弥助は永代寺門前を歩き回ってから、八幡《はちまん》橋の袂にやって来た。少し離れたところに、飴売りの姿に化けた三蔵がいる。

この付近に、町方の姿が多い。富三郎を探しているのに違いない。町方がなぜ、この一帯に目を向けたのかわからないが、富三郎はこの近くに身を隠していると思える。

町方が多いというのは弥助たちにとっても極めて危険なことであるが、幸いなことに奉行所の者に面が割れていないのだ。だから、こうして真っ昼間でも歩けるのだ。青痣与力だけに気をつければ、間違いないという自信があった。

弥助は小間物の荷をおろし、近くの小石に腰を下ろした。

朝方はどんよりとしていた空も、雲がとれ、青空が広がってきた。陽は中天に上っている。

遅い。弥助は落ち着かなくなった。長次郎がまだやってこないのだ。

弥助は煙草入れを取り出し、火を点《つ》けた。

今朝早く、弥助、三蔵、長次郎の三人で、隠れ家を出発した。もう落ち合う時間はだいぶ過ぎている。

煙草をくゆらせていると、三蔵が近寄って来た。

「長次郎の奴、遅いな」

三蔵も気にし出した。

「怪しまれるといけないので、もうひとまわりしてくる」

「わかった」

三蔵は再び一の鳥居のほうに歩いて行った。

弥助はふと顔を俯けた。八幡橋を岡っ引きが歩いて行ったのだ。こっちを気にすることなく、岡っ引きは去って行った。

そこに四半刻ほどいたが、長次郎はやって来ない。ちっと舌打ちして、立ち上がった。

三蔵が戻って来た。

「長次郎は？」

三蔵は不安そうな顔できいた。

「まだだ」

「おかしいな」

三蔵が小首を傾げた。

何かあったに違いないと思った。ひょっとして、富三郎を見つけ、ひとりで追ったのか。弥助は三蔵と共に、長次郎が歩いて来ることになっている道順を逆に辿《たど》った。

八幡橋を渡り、熊井町から永代橋の東詰を過ぎ、佐賀町を通った。

やがて、仙台堀に差しかかり、上ノ橋を渡っていると、反対側からやって来た印半纏を着た職人がふたり、妙なことを言いながらすれ違った。

「願人坊主に騙された恨みだろうぜ」

弥助は聞きとがめた。

振り返って、職人を呼び止めた。

「もし、すいやせん」

「俺たちかい」

職人ふたりは立ち止まった。

「へい。おそれいりやす。今、ちと小耳にはさんだんですが、願人坊主がどうかしたとか」

「おう。そのことか。本所回向院で、願人坊主が殺されたんだ」

「殺された？」

「大勢いる中で、匕首でぐさりだ。たいへんな騒ぎだったぜ」

「それはきょうのことで」

「そうよ。つい一刻（二時間）ほど前だ」

礼を言うのももどかしく、弥助は踵《きびす》を返した。

背の荷をかたかたさせて、弥助は急ぎ足になった。三蔵も小走りについて来る。

小名木川を万年《まんねん》橋で渡った。

願人坊主とは長次郎に違いない。いってえ、どうして回向院などに行ったのだ。富三郎の仕業だ。

回向院の山門にやって来たが、町方がうろちょろしていた。もう死体は片づけられていて、境内は何事もなかったかのようにひとで賑わっていた。

近くにある水茶屋に入り、茶を頼んでから、

「ひと殺しがあったんだって」

と、派手な前掛けを締めた茶汲み女にきいた。

「ええ。たいへんな騒ぎでした」

「誰が殺されたんだね」

「願人坊主です。誰が殺ったかはまだわからないようです」

黒塗り下駄を鳴らして茶汲み女が去って行った。

あとから背中合わせに座った三蔵に、前を向いたまま言った。

「富三郎だ」

奴の仕業に違いない。

「ああ、間違いない」

三蔵も厳しい声で言う。

茶汲み女が茶を運んで来た。

おかしらもますます頭に血が上ることだろう。

茶を飲みながら、なぜ長次郎が回向院にやって来たのかを考えた。長次郎とは海辺橋の袂で別れたのだ。

そのあと、長次郎は上ノ橋を渡って来る予定になっていた。つまり、その途中で、長次郎を見かけ、あとをつけたのだろう。

いや、富三郎は尾行を知っていて回向院まで長次郎を誘き出したのだ。

奴は俺たちに牙《きば》を剝きはじめたのだ。闘いを挑んできたのだ。ちょこざいな真似をしやがって。弥助は顔をしかめた。

茶を飲み干し、銭を置いて立ち上がった。

水茶屋を出ると、あとから三蔵も立ち上がった。


隠れ家に戻った。

長次郎のことを話すと、五郎太の手が震えはじめ、そのうちに目を剝いて大きな声を発した。

「あの野郎」

五郎太のでかい手の中で猪口《ちょこ》が握りつぶされた。

「わからねえのは、どうして長次郎が回向院まで行ったかだ。途中、富三郎を見つけてあとをつけて行ったのだろうが」

弥助は腑に落ちなかった。

それはあまりにも偶然が過ぎるように思えたのだ。

「弥助。どういうことだ」

五郎太が怒りから震える声できいた。

「ひょっとして、富三郎はわざと長次郎の前に姿を現したのではないかと」

「どういうことだえ」

三蔵が厳しい顔できく。

「町方からも逃れている男が真っ昼間、のこのこ出歩いているとは思えねえ。だとすれば、わざと長次郎の前に現れたとしか考えられねえ」

「だが、富三郎は俺たちの隠れ家を……」

途中で、三蔵はあっと叫んだ。

「まさか、ここが富三郎に知られたって言うのか」

「わからねえ。だが、そう考えたほうが説明がつく」

「しかし、どうして富三郎にわかってしまったんだ」

「あのときだ。請地村の百姓家からの帰りだ。富三郎の奴、あのときどこかで隠れていて、俺たちのあとをつけて来たに違いねえ」

「だが、俺は用心した。つけられている心配はなかった」

三蔵が叫ぶように言う。

「俺もだ。おそらく長次郎だ。奴が富三郎をここまで引っ張って来たに違いねえ」

弥助は忌《い》ま忌ましげに続けた。

「今朝、三人でここを出て行くのをどこかから見ていて、長次郎のあとをつけたのだ」

「なんてこった」

「おそらく、そうだろう」

五郎太が片頰を歪ませて言った。

「じゃあ、おかしら。ここにいたんじゃあぶねえ。奴は俺たちに逆襲するつもりだ」

「なにをいいやがる、三蔵。好都合だ。向こうからやって来るなら、捜す手間がはぶけるってものだ」

五郎太はようやく落ち着きを取り戻した。

「そうだ。こっちは奴がここを知っていることに気づかない振りをするのだ。そして、奴をここに誘き出して始末する」

弥助はひと斬り伊三郎こと、丹波伊三郎を見て、

「旦那。頼みましたぜ」

と、声をかけた。

常に刀を肌身から離さない伊三郎は刀を胸に抱えたまま、

「任しておけ」

と、富三郎のことなど歯牙《しが》にもかけずに言った。

弥助は立ち上がり、部屋を出て、梯子段を上がった。

二階の部屋に行き、真っ暗な中を窓辺に行き、静かに障子を少し開けた。そこから、外を見る。

この家を見張るとすれば裏手の材木置場の脇からだ。俺でもそうするだろうと、弥助は思いながら、その辺りに目をやった。

今夜は曇っていて月がなく、ひとがいるかどうかわからなかった。

六

その夜、富三郎は『花さと』に戻って来た。長桂寺の墓地に潜み、暗くなるのを待っていたのだ。

庭を通って離れに向かう。

そろそろ五つ（午後八時）になる頃だ。

母屋の二階を見上げると、お砂の部屋に明かりが灯っていた。今夜も泊まり客があるのだろうか。

富三郎はようやく部屋に落ち着いた。

部屋に夕飯の仕度がしてあった。すっかり冷えていた。そのせいばかりではないが、あまり食欲はなかった。空腹なのだが、また腹に違和感を覚えた。

ときたま、腹の中の腫れ物が痛み出す。気のせいか、少し大きくなったような気がした。

ともかく疲れた。今朝早くから出ずっぱりだった。あと四人か、と覚えず口をついて出た。

ふとんに倒れるように横になった。

身体は疲れているのに神経が高ぶって眠れそうになかった。長次郎を殺したことで興奮しているわけではない。別のことだ。

梅右衛門の妾おせいの顔が脳裏を掠《かす》めた。胸の膨らみや足のふくら脛《はぎ》の白さが目に浮かぶ。

なんとか、あの女をものにしたい。そう思うと、富三郎は気持ちの抑えがきかなかなかった。気がついたとき、起き出していた。

相変わらず二階の部屋に明かりが見えた。

富三郎は庭から出て、いつものように洲崎堤のほうから遠回りをして三十三間堂裏にやって来た。

町方の見張りがいることを考え、暗がりの中にしばらく佇み、辺りの気配を窺い、それから用心深く梅右衛門の家の裏口にたどり着いた。

戸を叩く。聞こえるかどうか。おせいが気づくか。

しばらくして、戸口に物音がし、抑えた声がした。

「誰だえ」

おせいの声だ。

「富三郎で」

「今、開けるよ」

内側から戸が開くのを待って、富三郎は素早く土間に入った。

おせいがすぐに戸を閉める。

「どうしたのさ？」

おせいが寝間着の襟元を押さえてきく。

「旦那は？」

「もう、眠っているわ。年寄りは早いからね」

声をひそめて言う。

「姐さん。いや、おせいさん」

いきなり、富三郎はおせいの手を握った。

「おめえさんのことを考えているうちにたまらなくなって来てしまったんだ」

「何を言っているのさ」

口では突き放すようなことを言っても、おせいは富三郎の手から逃れようとはしなかった。

富三郎はさらに大胆になっておせいの腰に手をまわした。

「困ったひとだね」

おせいは含み笑いをした。

「旦那の様子をみてくるから待ってて」

耳元で囁《ささや》き、おせいは寝間のほうに向かった。

すぐに戻って来た。

「お酒がきいたのね。ぐっすり眠っているわ」

そう言い、おせいは富三郎の手をとって梯子段を上がった。

二階の一間に入るなり、おせいがしがみついて来た。

「ほんとうは、いつおまえが忍んで来るか待ちわびていたのさ」

富三郎の胸を小さな手でなでながら、おせいは甘えた声で言う。

「うれしいぜ。おせい」

もう自分の女のようなつもりで、富三郎も大胆になった。

富三郎は扱《しご》きを解き、寝間着を脱がせた。暗闇に、白い裸身が浮かんだ。

「女中はだいじょうぶか」

「あの子は通いだからね」

「そうか。よし、おめえをたっぷり可愛がってやるぜ」

熟《う》れた女の身体を、あの年寄りでは満足させられるわけはない。おせいは自分の身体を持て余していたのだ。

おせいは喘《あえ》ぎ声を抑えたが、ときたま大きくなる。富三郎も久しぶりの女の肌に貪り付いた。

金兵衛一家の惨殺からずっと女を抱く欲望が起こらなかった。だから、お駒という女にも手を出さなかった。

やはり、緊張していたのだ。だが、獄門首の一味を返り討ちにしてやると思い立ってから、再び欲望が頭をもたげて来たのだ。

ぐったりしたおせいの身体から離れ、富三郎も仰向けになった。

夜回りの拍子木《ひょうしぎ》の音が聞こえた。

その音が遠ざかったとき、ふと廊下にみしりという音が聞こえた。

富三郎は半身を起こした。

「どうしたのさ」

おせいが気だるそうにきいた。

しっと口許に手を当て、富三郎は障子を開けた。廊下にひと影はない。

廊下に出て梯子段の下を覗いた。

気のせいか。富三郎は部屋に戻った。

だが、もう気持ちは冷えていた。旦那に見つかる前に引き上げるのだと、焦った。

おせいも起き上がった。

帯を締め、煙草入れを確かめる。おきんの家に煙草入れを忘れ、金兵衛に疑われたのだ。その失敗があるので、他に忘れ物がないか確かめた。

梯子段を下り、裏口に出た。

「また、来るぜ」

「待っているわ。今度はたっぷり呑ませて眠らせておくから」

おせいは含み笑いをした。

富三郎は外の様子を窺い、素早く暗闇に紛れ込んだ。


翌日の朝、お砂が飯を運んで来た。

「ゆうべ、いなかったわね」

すねたように、お砂が言った。

「なんだ、来たのか」

「そうよ。きのうは泊まりの客がなかったから来てみたのに」

「そいつは悪かった」

「でも、いったん帰って来たのに、どこへ行ったのさ」

帰って来たことを知っていたのかと、富三郎は不快になった。どうも、この女に見張られているようだ。

たちまち、ゆうべのおせいとのことが蘇り、そして、部屋の外から聞こえた廊下の軋《きし》む音を思い出した。

用心していたほうがいいと、富三郎はとっさに判断した。

「じつは、ある場所まで隠してある金が無事かどうか見に行ってきたんだ」

「金を？」

「そうだ。だから、もし、ひとにきかれたら、俺はずっとここにいたと答えてくれないか。金のことは誰にも知られたくないのだ」

「どんな事情があるのか知らないけど、任しておいて」

「すまねえ。もし、今夜よかったら来てくれ」

お砂は機嫌を直して引き上げて行った。

ご飯とお新香、それにおつけだけの朝飯をとったあと、煙草をくゆらせながら、富三郎は今後のことを考えた。

長次郎を殺ったことで、奴らは警戒しているだろう。あと四人をどう始末するか。おかしらには必ず誰かがついていて、ひとりにはなることはないので、おかしらを殺るのは難しい。一対一ならなんとかなるが、相手がふたりでは不利だ。

三好町の隠れ家の前に張り込み、誰かがひとりで出て来たところを襲ってもいいが、それだとこっちが隠れ家を突き止めていたことが知られてしまう。

待てよと、富三郎ははっとした。

奴らはほんとうにそのことに気づいていないだろうか。長次郎を回向院まで誘き出したことから、隠れ家が突き止められていると悟ったのではないか。

奴らはばかじゃない。その可能性はあると思った。

また、俺の考えも予測出来るだろう。だとしたら、奴らはあの隠れ家で待ちぶせているかもしれない。

火盗改めに、密告するか。奉行所と違い、火盗改めは抵抗するものは容赦なく斬り捨てる。

奴らは徹底的に歯向かうだろうから最後は斬り殺されるはずだ。

だが、どうやって、火盗改めに密告するか。

やはり、梅右衛門に頼むしかない。

富三郎は店の勝手口に顔を出し、そこにいたやり手婆《ばば》に権蔵に用があると告げた。

離れで待っていると、『花さと』の亭主の権蔵がやって来た。

「何でしょうか」

権蔵がにこやかに言う。

「へえ。じつは梅右衛門の旦那にご相談したいことがありやす。あっしが伺うのが筋ですが、事情があってそうも参りません。どうか、旦那を呼んでいただけないでしょうか」

「わかりました。では、すぐに使いを出しましょう」

権蔵は母屋に戻った。

半刻後に、梅右衛門がやって来た。

きのうのことがあるのでなんとなく負い目を覚えたが、梅右衛門はいつもと変わらぬ様子で、富三郎の前に腰を下ろした。

「権蔵から使いが来た。何か話があるとのことだが」

梅右衛門は静かに口を開いた。その表情から、きのうのおせいとのことを気づいているようには思えなかった。

「じつは、旦那。獄門首の五郎太一味の隠れ家をひょんなことから知りました」

「獄門首の五郎太一味だと」

「へい。奴らはご承知のように、先日、神田須田町の炭問屋『佐倉屋』に押し入っているんです。旦那のほうから火盗改めにでも知らせていただけたらと思いまして。いえ、別に奉行所でもいいんでえ。旦那がそれで奉行所に貸しを作ることが出来たら、あっしも本望で」

梅右衛門の目が鈍く光った。

「きのう本所回向院で、獄門首の一味らしい男が殺されたそうだ。おまえさんだな」

「さあ、どうでしょうか」

富三郎はとぼけたが、梅右衛門は当然そう思っているはずだった。

「わかった。さっそく、どちらかに知らせよう」

「ありがとうございます」

「これで、おめえさんは怖いものはなくなるわけだ。そのあと、どうするね」

「へえ。江戸にはもういられません。獄門首一味が捕まったら、西のどっかに行って、のんびり暮らそうかと思っておりやす」

そのときは、おせいもいっしょだと内心でほくそ笑んだ。

「そうか。よし、それまでここから動かぬことだ。よいな」

そう念を押し、梅右衛門は去って行った。

梅右衛門の去って行く後ろ姿を見送りながら、富三郎はおせいの柔肌を思い出した。

夜、六つ半（午後七時）頃になって、権蔵がふいにやって来た。

「梅右衛門の旦那から使いが来なすった。富蔵さんにすぐに三十三間堂の家に来てもらいたいということだ。私がいっしょに家までついていきます」

どういうことだと思ったが、行かないわけにはいかない。

「わかりました。すぐ仕度します」

富三郎はそう言ったが、仕度などない。ただ、用心のために懐に匕首を忍び込ませただけだ。

外に出ると、権蔵は富三郎に風呂敷包を持たせた。供の体裁《ていさい》を整えるためだ。

富三郎は権蔵といっしょに『花さと』を出た。

遊客がぼちぼちと目立ちはじめて、蓬莱橋にもひとの往来が多くなっていた。

権蔵の後ろから供のようについていきながら、目は絶えず周囲を鋭く窺った。

橋を渡って東に向かい、永代寺山門前から三十三間堂町に向かう。行き交うひとの中に町方らしき者もいたが、権蔵といっしょなので、特に怪しまれることはなかった。

三十三間堂の裏手にある梅右衛門の家にやって来た。

権蔵が玄関から堂々と訪れる。その後ろで、富三郎は風呂敷包を持って神妙に佇んでいる。

格子戸が開いて、おせいが顔を出した。

ようだ。

「さあ、どうぞ」

権蔵に続いて富三郎も中に入る。

長火鉢の前で、梅右衛門が羽織姿で座っていた。出かける仕度を整えて待っていた

「権蔵。ごくろうだった」

「へい。では、わたしはこれで」

「権蔵さん。なんのお構いもしませんで」

おせいが鷹揚《おうよう》に言う。

「いえ、とんでもございません」

「権蔵。あとで改めて挨拶に行く」

梅右衛門が廊下に出た権蔵に声をかけた。

それに対して振り向いて会釈し、権蔵は玄関に向かった。

「旦那。このたびはとんでもねえことをお頼みして申し訳ございません」

富三郎は横にいるおせいの視線を感じながら言った。

「奉行所に呼ばれたのだ。火盗改めを望んでいるようだが、俺は八丁堀に恩を売って

おきたくて、知り合いの同心に話した。そしたら、奉行所に来てくれというのだ。三

好町には、今町方が様子を探りに行っているそうだ」

「そうですかえ。さっそく奉行所も動いてくれたんですかえ」

富三郎はほっとした。

「万が一ということもあるので、おまえさんは俺が帰って来るまでここにいてくれ。いいかえ、決して外に出るんじゃない。この辺りは町方で埋めつくされるかもしれないからな」

「わかりやした」

「じゃあ、出かけて来る。一刻以上はかかるかもしれない。おせい、あとは頼んだぜ」

「はい、おまえさん」

おせいは玄関まで梅右衛門を見送りに行った。

外には四つ手駕籠が止まっていた。

その駕籠に、梅右衛門が乗り込むのが見えた。

居間に戻ってから、富三郎はおせいの肩を引き寄せた。

「待って。時間があるわ。お酒でも呑みましょうよ」

「それもそうだな」

富三郎は覚えず含み笑いを浮かべた。

七

それより少し前、八幡鐘の前で待機していた剣一郎の傍に、岡っ引きの松助がやって来た。

「新兵衛さまからお言づけです。すぐに三十三間堂の家の前に来てくれと」

「よし」

剣一郎は三十三間堂前に急いだ。

梅右衛門の家が見通せる路地に、新兵衛が身を隠していた。

「青柳さま。さきほど、富三郎らしき男が『花さと』の権蔵といっしょに梅右衛門の家に入って行き、権蔵だけがすぐに出て来ました」

「富三郎だけが残ったのか」

「はい。それから、梅右衛門が駕籠でどこかへ行きました」

「梅右衛門が？　では、あの家の中に、富三郎と若い妻女だけか」

「そうです」

妙だと思った。

「梅右衛門を乗せた駕籠は提灯に丸に吉と書いてありました」

「『駕籠吉』だな」

新兵衛が梅右衛門の家を見つめて、

「踏み込みますか」

と、きいた。

「いや、待て。もう少し、様子をみよう。その前に、権蔵を問い詰めてみる。このまま、見張りを続けてくれ」

「はっ」

剣一郎は岡っ引きの松助に、

「京之進に告げよ。捕り方を集め、永代寺境内にひそかに集結するようにと。あくまで秘密裏にだ」

「わかりました」

松助に頼み、剣一郎は佃町に向かった。

佃町には知っている娼家があった。確か、『和田《わだ》屋』という見世だ。そこの娼妓に、倅の剣之助がかなり世話になったのだ。

『花さと』はその並びにある娼家だった。

剣一郎が『花さと』に向かうと、客の呼び込みをしていた白粉《おしろい》を塗りたくった女が緊張して棒立ちになっていた。

「すまぬ。亭主を呼んでもらいたい」

剣一郎はその女に声をかけた。

「今、呼んできます」

喉につまった返事をして、女は内緒に向かった。

剣一郎は女の後ろから内緒を覗いた。

縁起棚の下で、でっぷりした男が長煙管をくわえていた。

女の声に腰を浮かせた。

「青柳さまで。いったい、なんでございましょうか」

にやにや笑いながら、立ち上がって来た。

剣一郎は刀を腰から外して、

「ききたいことがある」

と、権蔵の顔を見た。

「へい、なんでございましょう」

「富三郎という男を知っているか」

「富三郎ですかえ。いえ、知りません」

「隠すと、あとでためにならぬぞ」

「滅相《めっそう》もない。隠すなんて」

「では、さっき梅右衛門の家に連れて行った男は誰だ」

「えっ、あの男ですか。あれは富蔵という男で、梅右衛門の旦那からしばらく面倒をみてやってくれと頼まれたんです」

「富蔵だと?」

「へえ。それで、離れに住まわせているってわけで」

「そこに案内してもらおう」

「でも」

「心配せぬでいい。その者が帰って来ることはもうない」

「えっ」

権蔵は怯えたような目をした。

「さあ、案内せよ」

「ただいま」

権蔵はよろけるように立ち上がった。何かたいへんなことになったのだということに、権蔵はようやく気づいたようだった。

権蔵は庭に出て、離れに向かった。

窓から女が見ていた。娼妓だ。

「お砂。引っ込んでいろ」

権蔵がその女に声をかけた。

離れの部屋には何もなかった。ただふとんが敷いてあるだけで、富三郎の持ち物も見当たらなかった。

剣一郎は金を探したのだが、この部屋にはないようだ。

庭先に女がやって来た。

「お砂。なにしに来たんだ。あっちへ行っていろ」

さっき窓から見ていた女だ。

「富蔵さん。どうかしたんですか」

「言葉を交わしたことはあるのか」

剣一郎はきいた。

「はい。あたしが食事を運んでいましたから」

「荷物はなかったのか」

「はい。小さな風呂敷包があったみたいです。お金はある場所に隠してあると言ってましたけど」

「隠してある?」

「はい。この前、夜遅く帰って来たのは、お金の隠し場所に行って来たそうです」

お砂は虚ろな目で、

「あのひと、やっぱしお尋ね者だったんですね」

と、しょげたように言った。

「梅右衛門のところには何のために行ったのだ」

「さあ、わかりません。きょうの昼間、富蔵が話があるからと旦那をここに呼びつけ、そしたら夜になって、今度は旦那が富蔵を呼んだんです」

梅右衛門はいったい何のために富三郎を家に呼んだのか。そして、富三郎と女房をふたりきりにしてどこに行ったのか。

「梅右衛門が駕籠に乗って出かけたが、どこに行ったか心当たりはないか」

「いえ、いっこうに」

「わかった。よいか。今宵《こよい》はここから出るな」

「えっ」

「わかったな」

「は、はい」

剣一郎は蓬萊橋を渡り、永代寺門前仲町《もんぜんなかちょう》にある『駕籠吉』に行った。

店の前には空駕籠が止まっている。

土間に入り、出て来た女将に、

「さっき、梅右衛門を乗せた駕籠は戻っていないか」

と、声をかけた。

「いえ。まだです」

そう女将が答えたとき、表に空駕籠が止まった。

「あっ、帰って来たみたいです」

たくましい身体の若い男が土間に入って来た。

「おまえたち、梅右衛門さんを乗せたね」

女将がきいた。

「へえ。そうですが」

きょとんとした顔で、剣一郎を見た。

「どこまで運んだのだ？」

「熊井町の『つた家』です」

「『つた家』か」

そこにわざわざ行く用があったのだろうか。

「そこにはまっすぐ行ったのか」

「いえ。三好町に寄りました」

「三好町？」

「はい。町の入り口で下りて、そこで待っているように言われ、旦那はあとは歩いてどこかへ行きました」

「どこへ行ったかはわからないのだな」

「へえ。油屋の先の道を曲がったような気がします。四半刻ほど待ってから、戻って来て、『つた家』に」

「そうか。わかった」

妙な行動をとったと、剣一郎は気になった。

第一、富三郎と若い妻女をふたりきりにしたこと自体、不思議な気がする。まるで、ふたりに何かあるのを期待しているようではないか。

それとも、ふたりをためそうとして、わざと自分は外出したのか。

それより三好町だ。三好町に何かある。

剣一郎は三十三間堂裏の梅右衛門の家の前にやって来た。そこを見通せる暗がりに新兵衛が身を潜めている。

「どうだ？」

「いえ。まだなにも」

新兵衛が答える。

「じつは、梅右衛門の動きがおかしい」

剣一郎は駕籠で出かけた梅右衛門の行動を話し、

「ここは私が見張る。新兵衛は三好町を探ってくれないか。梅右衛門が訪れた場所があるのだ。駕籠かきが言うには油屋の角を曲がったそうだ」

「わかりました」

新兵衛はすぐに身を翻《ひるがえ》した。

剣一郎は改めて梅右衛門の家を眺めた。何事もなく、静かな夜が更けようとしていた。

八

五郎太を囲んで、酒を酌み交わした。

すでに身支度は整っていた。あとは時間を待つだけだ。

半刻ほど前、弥助は隠れ家の周辺を見廻った。富三郎が仕掛けて来るかもしれないからだ。

どこぞで富三郎が潜んでいるかもしれないので、材木置場の暗がりにも目を配り、一通り調べて表通りに出たとき、一丁の四つ手駕籠が近づいて来るのを見たのだ。

弥助が訝しく見ていると、駕籠が止まり、誰かが下りて来た。

長身の痩せた老人だった。深川界隈を取り仕切っていた梅右衛門であることはすぐにわかった。

梅右衛門はゆっくり隠れ家に向かって歩いて来た。

弥助は身を固くした。

だが、なぜ梅右衛門がと、弥助は警戒した。

途中で、梅右衛門は弥助が立っているのに気づいた。

「梅右衛門の旦那で」

弥助は用心深く声をかけた。賭場で、一度顔を合わせたことがある。

「獄門首のおかしらに会いたい。至急だ」

「へい」

その声の迫力に押され、どうして梅右衛門がこの隠れ家を知っていたのか、また何しにやって来たのかを考える間もなく、弥助は梅右衛門を家の中に招じたのだ。

獄門首の五郎太と深川の顔役だった梅右衛門ははじめて顔を合わせた。

「お互い、よけいな挨拶は抜きにしよう。今、俺の家に富三郎がいる」

いきなり、梅右衛門が言い出した。

「富三郎は俺に火盗改めに密告してくれと、この家のことを話した」

「そうですかえ」

五郎太の声は静かだったが、怒りから震えを帯びていた。

「俺は富三郎に頼まれて匿ったが、もういい。おまえさん方が始末するなら、今だ。俺の家は三十三間堂の裏にある一軒家だ。裏口から入れば、ひとに見とがめられない」

「なぜですかえ」

弥助は確かめた。

「なぜ、そのことを知らせに来てくれたんですかえ」

「あいつは恩を仇で返しやがった。俺の女房を寝取った。ふたりとも殺って欲しい」

「わかりやした」

弥助は合点した。

富三郎ならやりそうなことだ。

「梅右衛門さん。わざわざ知らせてくれて助かったぜ。これで、やっと恨みを晴らせる」

五郎太は大きく息を吐いた。

梅右衛門が引き上げたあと、弥助たちはすぐに仕度にとりかかった。

梅右衛門の家に押し入り、富三郎を殺したあと、このまま夜道を本所方面に駆けるつもりだった。

途中、どこか寺の本堂で休み、明日には山谷から根岸《ねぎし》へ向かい、さらには千駄木《せんだぎ》を通って中山道《なかせんどう》に出るつもりだった。

「よし、行くぜ」

五郎太が立ち上がった。

いっせいに三人も立ち上がる。

裏口から出る。雲が多く、月も星もなく、辺りは漆黒の闇だ。

その闇の中を、猫目の弥助を先頭に三十三間堂に向かった。


行灯に着物をかぶせた部屋の中は暗い。

富三郎はうつ伏せになって煙草を吸っていた。

裸の背に、おせいが柔肌を押しつけて、

「ねえ、獄門首の一味が捕まったら、あんたはどうするのさ。江戸を離れるつもりかえ」

「俺はもう江戸にはいられねえからな。どうだえ、おめえもいっしょに来ねえか」

「そうだねえ」

おせいは裸身を押しつけながら、

「あんたといっしょに行きたいけど、遠慮しておくよ」

と、気だるそうに言った。

「なぜだ?」

身体を起こし、富三郎は不思議そうにおせいの顔を見た。

「あんな爺の相手をしていたってつまらねえだろう」

「そりゃ、そうさ。でも、あの爺さん。そんな長くないでしょうよ。もう少しの辛抱。死んだら好きなことが出来るからね」

「そう長くないか」

富三郎は呟いた。

またも腹のしこりが気になった。

「違いねえ」

富三郎は自嘲気味に言った。

「何が違いないのさ」

「おめえのいうとおりだってことだ」

「あら、怒らないの」

「どうしてだ？」

「だっていっしょには行けないって言っているんだよ」

「だから、おめえの言うとおりなんだ。そう長くねえってことだ」

「よくわからないけど、ねえ」

おせいがとろんとした目を向けた。

「旦那が帰って来るまで、まだ時間があるわ。ねえ」

おせいが富三郎にのしかかって来た。

（旦那……）

ふと、富三郎は何か黒いものが目の前を過《よぎ》ったような気がした。むろん、錯覚だ。だが、急に胸が騒いだ。

富三郎は起き上がった。

「どうしたのさ、そんな怖い顔をして」

「旦那はほんとうに俺たちのことに気づいていなかったのか」

「そりゃそうさ。だから、おまえの頼みを聞いて奉行所に行ったんじゃないか」

おせいが不審な顔をした。

「いや。裏切ったのかもしれねえ」

「えっ」

「こんなに長く俺たちだけにしておくのは妙だ。ちくしょう。こいつは謀《はか》られたかもしれねえ」

富三郎は急いで身支度をした。

獄門首の一味がここを襲う。富三郎はその恐怖にとらわれた。

九

新兵衛が忍び足で近寄って来た。

「獄門首の一味らしい四人がこっちに向かっています」

「なるほど。どうやら、梅右衛門が富三郎を裏切ったようだな」

剣一郎はそう察した。

そのとき、すでに、獄門首の一味らしき四つの黒い影が梅右衛門の家のまわりを取り囲んでいた。

「京之進はまだのようだな」

ふたりでは全員を捕まえるのは難しい。逃げられたら、追いきれない。

剣一郎は意を決して、

「よし。新兵衛は富三郎だけを追え。俺は獄門首のほうを引き受ける」

「はっ」

そのとき、剣一郎は屋根に黒い影を見た。

「富三郎だ。行け」

はっと、新兵衛は駆け出した。

黒い影が梅右衛門の家に消えた。

そこに松助が駆け寄って来た。

「京之進はやって来たか」

「はい。永代寺境内で待機しています」

「よし、すぐにここに寄越せ。獄門首一味が集まっているとな」

「わかりやした」

松助はすぐにとって返した。

女の悲鳴が上がった。

剣一郎は梅右衛門の家の玄関に駆け込んだ。

剣一郎が居間に行くと、妻女のおせいを四人の男が取り囲み、ひとりの男が匕首を喉に押しつけていた。

「獄門首の五郎太。観念せよ」

剣一郎が一喝《いっかつ》すると、四人が一斉に顔を向けた。

「てめえは、青痣与力」

ひげもじゃの獰猛な顔をした男が大きな目を剝いた。

「そなたが獄門首の五郎太か」

五郎太は尻端折《しりつぱしよ》りをし、道中差しを腰にしている。

「ちくしょう。梅右衛門め。はめやがったのか。弥助。梅右衛門をやれ」

五郎太が傍らにいた男に言った。

「よし」

弥助が庭に飛び出した。追いかけようとしたとき、瘦せて頰のこけた浪人が立ちふさがった。

「俺が相手だ」

浪人は抜刀し、右肘《ひじ》を後方に引き、刀を肩のうしろにまわした。左脇を締め、右手は右頰に接するように構える。

「示現流《じげん》か」

とんぼの構えという示現流独特の構えだ。左手を使わず、右手だけで斬り込んで来る。

一の太刀で相手を倒す。その威力の凄まじさは、過去に示現流の使い手と剣を交えたことがあるので、剣一郎は正眼に構えて慎重になった。

剣一郎は足の動きを見る。遠間に立っているが、いざというときにはまっすぐに突き進んで来るのだ。

相手が動いたときが勝負だ。相手の心気がだんだん整い、気力が充実していくのがわかった。それに合わせて、剣一郎も気力を集中させた。

風が木の葉を揺るがせたが、充満する殺気におののいたように風も止まった。座敷から一味の者も身じろぎせずに成り行きを見守っている。

いきなり、凄まじい掛け声とともに浪人がまっすぐ突進してきた。剣一郎も足を踏み込み、十分に腰を落とし、下からすくい上げるようにして相手の左手を襲った。

予期せぬ攻撃にあわてたのか、相手の初太刀は微妙に狙いがはずれた。その間隙《かんげき》を縫って、剣一郎は袈裟掛けに斬りかかった。

刀を落とし、浪人は白目を剝いて倒れた。

弥助が庭を駆け抜けようとした。が、弥助は立ち止まった。京之進がその前に立ちはだかった。

どたばたと音がし、捕り方が駆けつけて来た。

「青柳さま。おそくなりました」

「あとを頼む」

「はっ」

剣一郎は外に飛び出した。

新兵衛がすごすごと引き上げてきた。

「どうした？」

「申し訳ありませぬ。見失いました」

新兵衛が無念そうに言う。

さっきの五郎太の言葉を思い出した。

「ちくしょう。梅右衛門め。はめやがったのか。弥助。梅右衛門をやれ」

はめられたのは富三郎のほうだ。

「新兵衛。『つた家』だ」

剣一郎は駆け出した。

富三郎は梅右衛門に恨みを晴らそうとするのではないか。

すっかり人通りの途絶えた永代寺門前から一の鳥居を潜り、八幡橋を渡って熊井町にやって来た。

『つた家』の門を入った。

出てきた番頭に、

「梅右衛門は来ているか」

と、確かめた。

「はい」

そのとき、奥のほうから悲鳴が上がった。

剣一郎は庭に向かった。

すると、塀を乗り越える黒い影を見つけた。

新兵衛が追う。剣一郎は裏木戸から外に出た。

新兵衛の駆けて行く姿が見えた。

やがて、新兵衛は富三郎を隅田川の川っぷちに追い詰めていた。

剣一郎も追いついた。

「富三郎。もう逃れられぬ」

「ちっ。俺の悪運も尽きたか」

富三郎は血糊のついた匕首を手にしていた。

「梅右衛門を殺ったのか」

「裏切った奴は許せなかった」

「いったい、何人ひとの命を奪ったら気がすむのだ」

「さあな」

「なぜ、おまえはそんなにひとを殺せるのだ」

「生きるためだ」

「自分が生き延びるためにはひとを犠牲にするのを厭《いと》わないということか」

「そうだ。俺は寿命が尽きるまでは生き延びたい。それだけだ」

「おまえの生への執着はどこから来ているのだ。それが知りたい」

「別に」

富三郎は自嘲気味に笑った。

「俺は貧しい百姓の倅だ。五歳のとき、おふくろが男を作っていなくなった。それから俺とおやじふたりだけで生きて来た。だが、俺が十歳のとき、おやじが死んだ。腹に腫れ物が出来てな。貧乏で苦労しっぱなしで死んで行った。それから、俺は裏街道を歩くようになった」

「よくある話だ。それでも立派になった者はたくさんいる。それより、なぜ、そんなに生に執着するんだ」

「五年前、俺の腹の中に何か腫れ物が出来た。おやじと同じだ。もう何年も生きられないと思った。そしたら、よけいに生きていたいと思うようになった。それだけのことだ」

「そのために金兵衛一家をも犠牲にしたのか」

「そうだ。あの頃から腹の痛みが強くなった。いよいよ、死期が近づいているのかと思った。そうしたら、よけいに生きたいと思うようになったのだ。獄門首の一味になんて負けねえ。そう思った。生が限られたと知ったときから、俺はどんなことをしてでも生きていたいと思うようになった」

「だが、もうそれもおしまいだ」

「そのようだ」

富三郎は力なく笑った。

背後に足音がした。

京之進がやって来た。

「獄門首の一味、全員を捕まえました」

「ごくろう。あとはこの男だ」

剣一郎が顔を向けると、富三郎は匕首を足元に落とし、観念したように立っていた。

「獄門首になるまでは生きていてえ」

富三郎は冷たい笑みを浮かべた。

「金兵衛の家の土蔵から盗んだ金はどうした？」

「袖摺稲荷の本殿の床下ですよ。ずだ袋に三百数十両入っているはずだ」

富三郎は腹をさすりながら答えた。


数日後、小塚原《こつかつぱら》に打ち捨てられていた金兵衛の亡骸《なきがら》は丁重に座棺に納められ、妻と娘と同じ場所に埋葬された。

その墓前に額ずき、剣一郎は金兵衛に語りかけた。

「金兵衛、さぞ無念であったろうな。せっかく新しい自分に生まれ変わろうとしていた矢先だったのに」

金兵衛と酒を酌み交わした日のことが蘇る。

「だが、金兵衛。これでやっと妻女と娘御といっしょになれたのだ。きっと、ふたりは金兵衛を温かく迎えてくれるはず。あの世で、三人仲良く暮らせ」

ふと、うれしそうな金兵衛の顔が脳裏をかすめた。

翌日、愛宕権現境内の水茶屋に行くと、お駒が笑みをたたえて客の接待をしていた。

「お駒も元気を取り戻したようだな」

「へえ。あっしのことをおとっつあんって呼んでくれています」

六助が顔をほころばせた。

「早く、お駒にいい婿を見つけてやることだ」

「へい。青柳さまにもどうかよろしく」

「うむ。心がけておこう」

剣一郎は踵を返した。

「寄っていかれないんで」

「忙しそうだ。また、後日にしよう」

剣一郎は早く屋敷に帰りたかった。

きょう、酒田まで剣之助の様子を見に行った文七が帰って来るのだ。

編笠をかぶり、着流しの剣一郎は逸る気持ちで愛宕山をあとにした。

一〇〇字書評

追われ者

切・り・取・り・線

購買動機（新聞、雑誌名を記入するか、あるいは○をつけてください）	
□（　　　　　　　　　　）の広告を見て	
□（　　　　　　　　　　）の書評を見て	
□ 知人のすすめで	□ タイトルに惹かれて
□ カバーが良かったから	□ 内容が面白そうだから
□ 好きな作家だから	□ 好きな分野の本だから

・最近、最も感銘を受けた作品名をお書き下さい

・あなたのお好きな作家名をお書き下さい

・その他、ご要望がありましたらお書き下さい

住所	〒				
氏名		職業		年齢	
Eメール	※携帯には配信できません	新刊情報等のメール配信を 希望する・しない			

この本の感想を、編集部までお寄せいただけたらありがたく存じます。今後の企画の参考にさせていただきます。Eメールでも結構です。

いただいた「一〇〇字書評」は、新聞・雑誌等に紹介させていただくことがあります。その場合はお礼として特製図書カードを差し上げます。

前ページの原稿用紙に書評をお書きの上、切り取り、左記までお送り下さい。宛先の住所は不要です。

なお、ご記入いただいたお名前、ご住所等は、書評紹介の事前了解、謝礼のお届けのためだけに利用し、そのほかの目的のために利用することはありません。

〒一〇一－八七〇一
祥伝社文庫編集長　清水寿明
電話　〇三（三二六五）二〇八〇

祥伝社ホームページの「ブックレビュー」からも、書き込めます。
www.shodensha.co.jp/
bookreview

祥伝社文庫

追《お》われ者《もの》　風烈廻《ふうれつまわ》り与力《よりき》・青柳剣一郎《あおやぎけんいちろう》

平成21年 4 月20日　初版第1刷発行
令和 6 年12月15日　第7刷発行

著　者　小杉健治《こすぎけんじ》
発行者　辻　浩明
発行所　祥伝社《しょうでんしゃ》
東京都千代田区神田神保町 3-3
〒101-8701
電話　03（3265）2081（販売）
電話　03（3265）2080（編集）
電話　03（3265）3622（製作）
www.shodensha.co.jp
印刷所　堀内印刷
製本所　ナショナル製本

Printed in Japan ©2009, Kenji Kosugi ISBN978-4-396-33492-5 C0193

祥伝社文庫の好評既刊

小杉健治
札差殺し
風烈廻り与力・青柳剣一郎①

旗本の子女が立て続けに自死する事件が続くなか、富商が殺された。なぜ目撃者を二人の刺客が狙うのか?

小杉健治
火盗殺し
風烈廻り与力・青柳剣一郎②

江戸の町が業火に。火付け強盗を利用するさらなる悪党、利用される薄幸の人々のため、怒りの剣が吼える!

小杉健治
八丁堀殺し
風烈廻り与力・青柳剣一郎③

闇に悲鳴が轟《とどろ》く。剣一郎が駆けつけると、同僚が斬殺されていた。八丁堀を震撼させる与力殺しの幕開け…。

小杉健治
刺客殺し
風烈廻り与力・青柳剣一郎④

江戸で首をざっくり斬られた武士の死体が見つかる。それは絶命剣によるもの。同門の浦里左源太の技か!?

小杉健治
七福神殺し
風烈廻り与力・青柳剣一郎⑤

人を殺さず狙うのは悪徳商人、義賊「七福神」が次々と何者かの手に…。真相を追う剣一郎にも刺客が迫る。

小杉健治
夜烏《よがらす》殺し
風烈廻り与力・青柳剣一郎⑥

冷酷無比の大盗賊・夜烏の十兵衛が、青柳剣一郎への復讐のため、江戸に戻ってきた。犯行予告の刻限が迫る!

祥伝社文庫の好評既刊

小杉健治
女形《おやま》殺し
風烈廻り与力・青柳剣一郎⑦

「おとっつあんは無実なんです」父の斬首刑は執行され、さらに兄にまで濡れ衣が…真相究明に剣一郎が奔走する！

小杉健治
目付殺し
風烈廻り与力・青柳剣一郎⑧

腕のたつ目付を屠った凄腕の殺し屋を追う、剣一郎配下の同心とその父の執念！　情と剣とで悪を断つ！

小杉健治
闇太夫《やみだゆう》
風烈廻り与力・青柳剣一郎⑨

百年前の明暦大火に匹敵する災厄が起こる？　誰かが途轍もないことを目論んでいる…危うし、八百八町！

小杉健治
待伏せ
風烈廻り与力・青柳剣一郎⑩

絶体絶命、江戸中を恐怖に陥れた殺し屋で、かつて風烈廻り与力青柳剣一郎が取り逃がした男との因縁の対決を描く！

小杉健治
まやかし
風烈廻り与力・青柳剣一郎⑪

市中に跋扈《ばっこ》する非道な押込み。探索命令を受けた青柳剣一郎が、盗賊団に利用された侍と結んだ約束とは？

小杉健治
子隠し舟
風烈廻り与力・青柳剣一郎⑫

江戸で頻発する子どもの拐かし。犯人捕縛へ〝三河万歳〟の太夫に目をつけた青柳剣一郎にも魔手が……。

祥伝社文庫の好評既刊

小杉健治
追われ者
風烈廻り与力・青柳剣一郎⑬
ただ"生き延びる"ため、非道な所業を繰り返す男とは？　追いつめる剣一郎の執念と執念がぶつかり合う。

小杉健治
詫び状
風烈廻り与力・青柳剣一郎⑭
押し込みに御家人飯尾吉太郎の関与を疑う剣一郎。そんな中、倅の剣之助から文が届いて…。

小杉健治
向島心中
風烈廻り与力・青柳剣一郎⑮
剣一郎の命を受け、倅・剣之助は鶴岡へ。哀しい男女の末路に秘められた、驚くべき陰謀とは？

小杉健治
袈裟《けさ》斬り
風烈廻り与力・青柳剣一郎⑯
立て籠《こ》もった男を袈裟懸《けさが》けに斬り捨てた謎の旗本。一躍有名になったその男の正体を、剣一郎が暴く！

小杉健治
仇返《あだがえ》し
風烈廻り与力・青柳剣一郎⑰
付け火の真相を追う剣一郎と、二年ぶりに江戸に帰還する倅《せがれ》・剣之助。それぞれに迫る危機！　最高潮の第十七弾。

小杉健治
春嵐《しゅんらん》（上）
風烈廻り与力・青柳剣一郎⑱
不可解な無礼討ち事件をきっかけに連鎖する事件。剣一郎は、与力の矜持《きょうじ》と正義を賭け、黒幕の正体を炙《あぶ》り出す！

祥伝社文庫の好評既刊

小杉健治
春嵐（下） 風烈廻り与力・青柳剣一郎⑲

事件は福井藩の陰謀を孕《はら》み、南町奉行所をも揺るがす一大事に！　巨悪に立ち向かう剣一郎の裁きやいかに？

小杉健治
夏炎《かえん》 風烈廻り与力・青柳剣一郎⑳

残暑の中、市中で起こった大火。その影には弱き者たちを陥《おとしい》れんとする悪人の思惑が…。剣一郎、執念の探索行！

小杉健治
秋雷 風烈廻り与力・青柳剣一郎㉑

秋雨の江戸で、屈強な男が針一本で次々と殺される…。見えざる下手人の正体とは？　剣一郎の眼力が冴える！

小杉健治
白頭巾 月華の剣

新心流居合の達人・磯村伝八郎と、義賊「白頭巾」の顔を持つ素浪人・隼新三郎の宿命の対決！

小杉健治
二十六夜待

過去に疵《きず》のある男と岡っ引きの相克、情と怨讐。縄田一男氏激賞の著者ならではの、〝泣ける〟捕物帳。

藤原緋沙子
恋椿 橋廻り同心・平七郎控①

橋上に芽生える愛、終わる命…橋廻り同心平七郎と瓦版女主人おこうの人情味溢れる江戸橋づくし物語。

祥伝社文庫の好評既刊

藤原緋沙子 火の華《はな》 橋廻り同心・平七郎控②

江戸の橋を預かる橋廻り同心・平七郎が、剣と人情をもって悪を裁くさまを、繊細な筆致で描くシリーズ第二弾。

藤原緋沙子 雪舞い 橋廻り同心・平七郎控③

雲母橋《きらず》・千鳥橋《ちどり》・思案橋《しあん》・今戸橋《いまど》。橋廻り同心・平七郎の人情裁きが冴えわたる好評シリーズ第三弾。

藤原緋沙子 夕立《ゆだ》ち 橋廻り同心・平七郎控④

人生模様が交差する江戸の橋を預かる、北町奉行所橋廻り同心・平七郎の人情裁き。好評シリーズ第四弾。

藤原緋沙子 冬萌え 橋廻り同心・平七郎控⑤

泥棒捕縛に手柄の娘の秘密。高利貸しの優しい顔――橋の上での人生の悲喜こもごも。人気シリーズ第五弾。

藤原緋沙子 夢の浮き橋 橋廻り同心・平七郎控⑥

永代橋の崩落で両親を失い、深い傷を負ったお幸を癒《いや》した与七《よしち》に盗賊の疑いが――橋廻り同心第六弾！

藤原緋沙子 蚊遣《かや》り火 橋廻り同心・平七郎控⑦

江戸の夏の風物詩――蚊遣り火を焚く女の姿を見つめる若い男…橋廻り同心平七郎の人情裁きやいかに。

祥伝社文庫の好評既刊

藤原緋沙子

梅灯り 橋廻り同心・平七郎控⑧

生き別れた母を探し求める少年僧に危機が！　平七郎の人情裁きや、いかに！

藤原緋沙子

麦湯の女 橋廻り同心・平七郎控⑨

奉行所が追う浪人は、その娘と接触するはずだった。自らを犠牲にしてまで浪人を救う娘に平七郎は…。

藤原緋沙子

残り鷺 橋廻り同心・平七郎控⑩

「帰れない…あの橋を渡れないの…」謎のご落胤に付き従う女の意外な素性とは？　シリーズ急展開！

野口　卓

軍鶏《しゃも》侍

闘鶏の美しさに魅入られた隠居剣士が、藩の政争に巻き込まれる。流麗な筆致で武士の哀切を描く。

野口　卓

獺祭《だっさい》 軍鶏侍②

細谷正充氏、驚嘆！　侍として峻烈に生き、剣の師として弟子たちの成長に悩み、温かく見守る姿を描いた傑作。

野口　卓

猫の椀

縄田一男氏賞賛。「短編作家・野口卓の腕前もまた、嬉しくなるほど極上なのだ」江戸に生きる人々を温かく描く短編集。